家日和

〔日〕奥田英朗 著

曹逸冰 译

南海出版公司

新经典文化股份有限公司
www.readinglife.com
出 品

目录

1 晴天

37 此处是青山

77 来我家吧

117 西柚怪物

145 丈夫与窗帘

179 妻子与糙米饭

晴天

1

家里有张闲置的折叠野餐桌,四十二岁的山本纪子决定把它挂到网上的拍卖平台卖掉。

纪子有一对儿女。老二升上初中以后,举家出行的机会明显变少了,今年夏天更是哪儿都没去。老大由佳正值初三,忙着复习迎接中考。老二祐平比她低两级,成天泡在篮球队。一家四口一起去旅行,其乐融融……这样的日子怕是再也不会有了。孩子们有了自己的天地,家庭的全盛期已经画上了句号。

起初,她上网翻黄页找了家古董店,打电话咨询了一下,对方开出的价格实在太低,气得她不想卖了。"跟新的一样也是五百块,有污渍的话,我们是一分钱都不会给的。"冷冰冰的语气让纪子觉得受到了莫大的侮辱。挂电话前,店家甚至撂下一句话:"你不是嫌它碍事吗?我们免费帮你收走,你还不满意啊!"仿佛看透了她的心思。开什么玩笑!这桌子可是进口货，花了她一万多日元呢，折扣店卖的便宜货哪能跟它比啊。

于是她转战本地的回收中心，谁知工作人员竟摆出一副居高临下的态度，气得她掉头就走。人家反复强调"我们是搞公益的"，让她被迫听了一通关于环保的说教。

要不干脆送人算了？就在自家所在的街区找，有小朋友的家庭肯定能用上。可纪子并不认识符合条件的人。送礼给街坊还挺尴尬的，除非走得特别近。而且白送给人家，她也有点不甘心。怎么也得换点钱回来吧，两三千日元也成。一想到这是"天上掉下来的钱"，她就敢随便花了。去酒店吃个蛋糕啦，去车站前做个足底按摩啦……

纪子还有个妹妹，不过两家人离得有点远。妹妹在电话里给她出了个主意：网上拍卖。她用轻描淡写的语气说道："很好操作啦，而且买家都是陌生人，成交后就不再联系，不容易惹麻烦。"纪子在电脑上打开拍卖网站一看，还真是什么东西都有人卖。那就试试看吧，要是一切顺利的话，说不定能把家里的各种闲置物品都处理掉。

她按照网站指引注册好账号，准备以最快的速度把东西挂到网上。为了展示桌子打开后的模样，她还特意去家附近的公园拍了几张照片。一个人去有点难为情，所以她叫上了祐平。

"真麻烦……"儿子正值叛逆期，一脸的不情愿。

但他看到母亲笨手笨脚地摆弄数码相机的模样，还是忍不住伸出了援手。纪子顺便讨教了一下要怎么上传照片，一遍遍重复同样的问题，惹得儿子很不耐烦。她眼睁睁地看着祐平毫不费力地完成每一步，只觉得儿子分外耀眼，同时也切身感受到了时代的不同。当年对着录像机手足无措的母亲，就是今天的自己。孩子们已经成了世界的主角。

她决定把起拍价设成一千日元，不含邮费。其实她的心理价位是这个数字的五倍，只是怕引起买家的反感，没敢把价格定得太高，邮政包裹的运费也一并写在了页面上。出价时间留了整整一星期，这样应该就能让更多的人看见了。商品信息是这么写的：

科勒曼牌野餐桌。五年前买的，当时的售价是一万四千七百日元。用过十几次，没有划痕和凹陷。全铝框架，很轻便（十二公斤）。够四个大人围坐，一点也不挤。

哦，原来这张桌子只用过十几次啊。可不是嘛，刚买回来的时候，大伙儿还挺起劲的，可谁家会动不动跑出去野餐露营呢？我们家肯定还有很多没用回本的东西。

她给自己起的用户名叫"晴天"（Sunday），因为这个词听起来清清爽爽，而且看不出性别。

点发布键挺需要勇气，一按下去就没法回头了。老天保佑，千万别惹出什么麻烦，希望能碰上个好买家……纪子在心中暗暗祈祷。无论做什么事，"第一次"总让人心跳加速。

拍卖的前三天风平浪静。一个出价的都没有，出价人数栏里画着一条无情的横杠。纪子觉得自己像置身于家长开放日的课堂，其他小朋友都把手举得高高的，唯独自家的孩子傻坐着。

而且她惊讶地发现，网站上有好多人在卖同款的折叠桌，基本都是全新的。没用过的东西怎么会放到网上卖呢？她跑去问老公清志。清志懒洋洋地回答："大概是专门倒卖这种东西的商家吧。"据说有很多商家从破产的零售店那里低价收购货品，再挂到网上卖掉。

哼，原来是这样啊——纪子顿时有些灰心丧气。对她这个当了整整十五年家庭主妇的人而言，社会就是个弱肉强食的世界，足以令她畏缩不前。

但她还有一线希望。因为同款商品最便宜的也要五千多，而纪子才开价一千日元。只要不介意桌子是二手货，她的商品应该是眼下最划算的选择。

也许是她的定价策略奏效了，拍卖进行到第四天，终于有人出价。屏幕上的人数栏里出现了一个光芒四射的"1"，纪子不禁高举双臂，大呼万岁。那人还挺抠门，只加了二百五十日元，但足以让她重燃希望。

一夜过去，出价人数竟变成了"2"，有人来竞价了。纪子欣喜若狂，仿佛找到了好归宿的是她自己。

"你看呀，你看呀，有两个人竞价哎！"她抓住碰巧从身后经过的由佳说道。

"啊？你说什么啊？"由佳打开冰箱，拿出果汁喝了起来。听母亲说完事情的来龙去脉，她盯着电脑屏幕看了一会儿，满不在乎地撂下一句："不就一千五吗？"便回二楼去了。

真是个薄情的小丫头。纪子不由得叹气。

可谁家的父母跟孩子不是这样呢？想当年她十几岁的时候，也觉得爸妈烦得不行。

从那时起，纪子开始频频打开拍卖页面，把握最新动态，这也为日常生活增添了几分小小的期待。说不定真是起拍价的功劳，眼看着出价的人越来越多，金额也慢慢涨了上去。倒数第二天，总共有五个人出价，最高的出到了两千二百五十日元。考虑到买家要另付邮费，拍卖价格应该很难再涨了。不过事情到了这个地步，金额已经不重要了。光是"有反响"，纪子就很开心。

最后一天晚上十一点，截止时间已到。山本家的野餐桌成交了，成交价是两千五百日元。买家的用户名很可爱，叫"南瓜一号"。

事不宜迟，纪子当晚就发了邮件过去。先说"感谢您拍下我的商品"，再写上自己的姓名、地址和汇款账号，连邮费一览表都附上了。发送的时候，她很紧张，毕竟要把很多隐私信息透露给素不相识的人。千万别出什么问题啊，纪子双手合十祈祷。不过这个网站有几十万甚至几百万的用户，出事的概率应该很低吧。

第二天，送走老公孩子后，纪子战战兢兢地打开电脑，只见收件箱里有一封陌生女人发来的邮件。她顿时兴奋起来。邮件标题写着"我是拍到商品的人"，肯定是买家发来的。

您好。我是拍下野餐桌的××，感谢您的及时联系。我今天已经通过网上银行把货款外加运费（共计三千八百日元）汇入您的指定账户了，请查收。

啊……太好了！纪子紧绷的肩膀顿时放松下来。买家是个有常识的成年人，很懂礼貌。邮件写得很简洁，一本正经的，念起来舒服得很。要是语气太随便，或是一副自来熟的模样，她倒可能起戒心。

买家住在新潟县，离得远反而让纪子松了口气。毕竟是陌生人，还是远点好。

纪子立刻骑上自行车赶往车站前的银行，找了台 ATM 补登存折。钱的确进账了。她心想，这人办事好麻利啊，我可不能辜负了人家。

她急急忙忙冲回家打包折叠桌。包装盒已经找不到了，便用气泡膜裹了几层，再贴上胶布，仔细包严实，还附上了感谢信。然后，她提着十二公斤重的东西走到离家最近的邮局，发了邮政包裹。邮局快递有到货通知，比较稳妥。现在寄出，明天应该就能到了。

办完手续，纪子的心情瞬间放晴，一股充实感涌上心头。她靠自己的双手完成了人生中第一次网上拍卖，总算又跟外面的世界有了交集。

回家之前，她稍微绕了点路，去了一家口碑很好的蛋糕店。平时不舍得买的高档蛋糕，一口气买了五块，刚好花了两千五百块。反正是天上掉下来的钱，一点也不心疼。

到家后，她泡上红茶，吃了一块法式栗子蛋糕。剩下的留到晚饭后跟家里人一起享用，孩子们肯定会很开心的。

栗子泥的香甜沁入心田，有种说不出的幸福感。

次日中午，拍卖网站的管理公司发来一封邮件，标题是"买家对您做出了评价"。纪子打开一看，邮件里是这么写的：

本站用户"南瓜一号"对您的评价是"非常好"。期待您的再次光临。

买家的点评内容也附在邮件里。

"晴天"是一位非常好的卖家，在我汇款的第二天就发货了，感谢您的及时处理。商品也没有问题，谢谢。

纪子高兴得快跳起来了。她有多少年没被人表扬过了？甚至想反过来谢谢买家。她重新看了一遍拍卖的操作流程，发现买卖双方貌似需要互相评价。为了供其他用户参考，网站会将点评内容公开。她当即决定，也给买家写一段评语。

"南瓜一号"是一位很好的买家。汇款及时，经验应该很丰富吧。这是我第一次上网拍卖，所以有点紧张。商品能被这么好的人买走，我真是太开心了，谢谢你。

纪子也点了"非常好"的选项，然后关上电脑，深深地陷在椅子里，举起双手伸了个懒腰。我发现了一个好地方！她沉浸在喜悦之中，满脑子想着"接下来该卖点什么"。下午整理一下杂物间和壁橱好了，肯定能找出很多闲置的东西，毕竟一家四口已经在这栋房子里住了七年多。

2

闲置的家用引体向上器成了纪子挂上网的第二件拍品。它被安置在主卧的角落里，虽然没到碍手碍脚的地步，却破坏了整个房间的氛围，纪子早就看它不顺眼了。她去征求老公的意见，不料遭到了反对："不至于要卖吧？偶尔拉一拉筋挺舒服的。"

"那我问你，你上一次用是什么时候的事？"

"……上个月吧。"

反对并没有收到什么效果。

纪子自己也会偶尔用一用，对于缓解肩颈酸痛还挺有效的。但此时此刻，想把它处理掉的念头占了上风。

照理说，她应该先把健身器拆开再邮寄，无奈说明书早已不知去向，只能以拼装完好的状态拍卖了。

  这是我四年前购买的家用引体向上器。当时的价格大概是八千日元。买来以后一直放在室内，表面没有划痕与污渍。非常适合肩膀酸痛的朋友。尺寸是……

商品描述总共也没几个字，但纪子已经很多年没有开动脑筋构思过文章了，颇有些撰写广告文案的错觉。不过能顺顺利利写出来，总归是让人开心的。

健身器的架子太大，运费难免贵一些。纪子决定开个比较低的价格。反正也不是冲着钱去的，干脆设成五百块，做做样子得了。

没想到商品信息一上线，就冒出了好几个竞价的人。才第三天，出价人数就破十位，简直不要太抢手。

"你看，这是怎么回事啊？"纪子抓住走进厨房的由佳问道。

"我哪儿知道……"女儿冷冷地应付了一句。

她在网站上看了几个类似的商品，隐隐约约推测出了其中的原因。最近的健身器材多了仰卧起坐板之类的附件，体积越做越大，价格也是水涨船高，随便买个新的都要万把块。而纪子发布的商品只能做引体向上，功能非常简单，放在今天倒是难能可贵。

商品的人气仿佛与自己的人气画上了等号。纪子只在少女时代短暂地品尝过"抢手"的滋味，婚后从未受过追捧。吸进鼻子里的空气好像都甘甜了许多。

最后，健身器以三千日元的价格成交，这价格比之前的野餐桌还高，成果相当喜人。买家也是女性，家住神奈川县。会买这种东西的，十有八九是中年主妇吧。

确定货款进账后，纪子立刻叫邮局的人上门取件。因为健身器架子太大，她一个女人实在扛不动。不一会儿，年轻的工作人员来了，态度十分热情。民营化[①]万岁。

包裹寄到后，拍卖网站的管理公司又发来了邮件。纪子收到的评价和上次一样，"非常好"。买家的点评是这么写的：

> 我一直在找这种功能简单的老式健身器，总算找到了，太开心了。谢谢你"晴天"。我会珍惜它的。

[①] 日本邮政过去是国营体制，后来政府推行邮政民营化改革，服务水准显著提升。

纪子只觉得心头一热，被人感谢的感觉竟如此美好。当然，她给买家的评价也是"非常好"，还在点评里道了谢。在同一片蓝天下，肯定有一位与她有着相似境遇的中年妇女，正坐在电脑前欢欣雀跃。

纪子决定用"赚"来的三千日元买书。她好几年没买过单行本①了，有想看的书，基本都靠图书馆解决。本地的主妇们都是这样。

之前翻杂志的时候，有位作家的随笔勾起了她的兴趣，于是她挑了两本这位作家写的小说。把书放上收银台的那一刻，她还真有些骄傲，仿佛无形中在向四周的人炫耀："我也是看这种书的人哟！"

小说的内容算不上特别有趣，但"我在看书"的状态给纪子带来了强烈的快感。她十分感慨：原来"心态从容"说的是这么回事啊。

接下来要卖点什么呢？她一边扫视书页上的字，一边琢磨。

第一次发现自己的变化，是对镜梳妆的时候——那天，纪子要去参加家委会②的会议。化妆时，她忽然发现眼睛下面的皱纹少了一条。咦？她盯着镜子仔仔细细瞧了瞧。并没有眼

---

① 日本的新书一般先出单行本，然后再出价格更低廉的文库本。
② 家长教师委员会，旨在促进家长参与学校的教育工作。

花，皱纹是真的不见了。

那条皱纹是今年新冒出来的，比之前长的都要深。它时刻提醒着纪子，她已经是四十二岁的人了。她为此苦恼万分。我今后也会像这样一天天无情地老去吧……一想到这儿，她便感到一阵落寞。没想到，愁人的皱纹居然消失了。

怎么会这样？皱纹自然消失这种事，真是闻所未闻。

纪子很是纳闷，盯着镜子左看右看。话说回来，这几天的底妆好像特别服帖。粉底一抹到脸上，就和肌肤融合在一起，仿佛被吸收了一样。便秘也有改善，每天早上都顺利地上厕所。这样的情况在近几年可是相当罕见。

她顿时对今天的外出来了兴致，不穿裤子了，改穿紧身裙。不仅认真地化了妆，还喷了点香水。

走出家门，迈上马路的那一刻，她不自觉地挺直了身板。商店橱窗里的倒影都让她看得出了神。好久没有体验过这样的感觉了，我也真是的，不就少了条皱纹嘛——内心的角落里，有个冷静的纪子在苦笑。

不一会儿，纪子来到了初中体育馆，和相熟的家长们打招呼。一见面，大家难免在心里对其他人的衣着与妆容评头论足一番，这是女人的天性。家庭主妇出门的机会毕竟少一些，开个家长会都要好好打扮一番。

纪子觉得自己是今天的赢家。因为她的皮肤最饱满紧致，再多的修饰都比不过。

同班的另一位母亲是出了名的爱装年轻，她望了纪子一眼，面露惊讶。纪子心想，这是在跟我比呢。有位和纪子走得挺近的同龄妈妈问道："咦，你是不是换发型啦？"

　　"没有呀，还是老样子。"纪子从容地回答。

　　"也是，可你给人的印象跟平时不一样啊……看起来好像更年轻了，嘻嘻。"

　　"谢谢——"纪子像小姑娘似的，一把抱住人家。

　　这段对话让纪子相信，今天的自己的确光彩照人。

　　开会时，她也不同以往。平时她只会默默坐在台下听汇报，今天却下意识地举手提问了。

　　"请问校方有没有具体的安保应对指南？近年来，不法分子闯入学校的案件时有发生，身为家长，我着实有些担心学校的安保措施……"

　　说着说着，纪子都被自己吓到了。老师们突然换上严肃的表情，用略显慌张的语气承认现在的安保措施还不够完善，承诺会尽快探讨对策。一眨眼的工夫，大伙儿看纪子的眼神都变了。纪子事不关己似的感叹，自信真是可怕的东西。

　　会后，家委会会长找到纪子，热情地问道：

　　"山本太太，等到换届的时候，你愿不愿意当个干事？其他人都不肯做……"

　　"哎哟，我可担当不起——"

　　纪子连忙摆手推辞，却是喜形于色。搬到这儿以后，还从没有男人求她办事呢。

第二件拍品迟迟没有着落。家里有很多派不上用场的物什，但纪子总觉得把没有价值的东西卖给别人有点厚脸皮，实在拉不下脸。

卖祐平的滑板车？够呛啊，买个新的都用不了五千块，而且现在也没有小朋友玩这个了。

由佳穿不下的毛衣？也很寒酸啊。名牌衣服也就算了，可那是在大荣超市买的打折货。

纪子思来想去，把家里翻了个遍。一样要卖，当然卖会吸引很多人出价的东西。要是挂在网上半天却无人问津，她肯定会难受的。

后来，她从楼梯下面的壁橱里翻出了老公的吉他，外面套的黑色硬盒上印着雅马哈的商标。那是清志三十多岁的时候没打招呼就买回家的。还记得他当时说："我进乐器店转了一圈，被它勾起了当年的回忆，一时冲动就买了……"他跟纪子解释了半天，说这吉他是二手货，纪子就没再追究。刚买回来那阵子，他还经常用指甲拨着琴弦，用蹩脚的唱功哼唱老鹰乐队[①]的曲子，但这几年应该是一次都没碰过。纪子回忆了半天，也没在脑海中找出老公买下这栋房子后抱着吉他弹唱的画面。这

---

① 20 世纪 70 年代初成立于美国洛杉矶的摇滚乐队。

都过去七年多了。

要不我也自作主张一回,把它卖了?——这个念头油然而生。真去征求清志的意见,绝对会被他拒绝,还要听一通歪理,诸如"那吉他装满了我的回忆"之类的。

好嘞,就这么定了。只要我不说,他就不会发现。反正是国产的,也不会贵到哪里去。而且纪子觉得,乐器肯定不愁卖。想学吉他的人多得很,而且这类人刚开始肯定会买便宜的二手货。

她立刻用数码相机给吉他拍了几张照片。琴身的洞口内侧贴着一张标签,她也一并拍了下来。标签上写着"FG-180",肯定是吉他的型号。

  雅马哈 FG-180 原声吉他,不清楚是哪年产的。已经有七年没用过了,但琴身没有变形,表面也没有划痕。有硬质外盒。想学吉他的朋友不妨考虑一下。

商品信息写好了,开价多少呢?纪子翻了翻拍卖网站的乐器专区,发现原声吉他的市场价大概是五千日元左右。

她决定把起拍价定为五百块。毕竟这把吉他已经很旧了,不能奢望太多。没想到一发布,当天就冒出了好几个竞价者,价格也迅速突破了五千。

"天哪!"纪子嘴里的咖啡都喷了出来。原来吉他这么抢手啊——不过细细琢磨一下,她就想通了。小提琴、钢琴这种木质乐器本来就很保值,如果是名琴的话,反而越老越值钱。吉他也属于这种情况。

纪子顿时兴高采烈起来。有五千块,就能吃很多好吃的东西,约上妹妹一起去酒店吃顿优雅的午餐也不错呢。

在清志面前,她表现得若无其事。

清志回家晚了,正一个人吃晚饭的时候,纪子往他对面一坐,问道:"老公,你觉不觉得我跟以前不一样了?"

丈夫抬起头,不以为意地回答:"干吗,瘦了一公斤啊?"

"才不是呢。"纪子叹了口气,"我跟你说,我去开家长会的时候,有人说我变年轻了。"

"女人跟女人打交道就是省心,只要互相夸几句就皆大欢喜了。"清志不屑地笑了笑,扬起下巴说道。

纪子气得不再搭理他。就在这时,祐平走下楼来。

"小祐,今天家委会会长问我愿不愿意当干事!"

"哦……"

儿子都没正眼瞧她一下,打开冰箱,喝起了果汁。

"对了,你们篮球队不是要搞新人赛嘛,我能不能去看呀?"

"不行!"祐平断然拒绝。

"为什么不行,初一的不是也能上场吗?"

"其他人的爸妈都不会来的,就你一个来多尴尬。"

祐平突然生气了,离开了厨房。

父子都对纪子这位妻子和母亲全无兴趣。在他们眼里,纪子不过是"理所当然待在那儿的人"。

才三天工夫,吉他的价格已经突破了两万日元,足有二十人竞价。纪子凝视着电脑屏幕,皱起眉头。心中的困惑压过了喜悦:买把新吉他也不过一万多日元啊。

在担忧的驱使下,她上网搜了搜"雅马哈FG-180"。不搜不知道,一搜吓一跳,蹦出来一百多条结果,其中有一个叫"古董吉他名录"的网站,她点开一看:

"雅马哈FG-180:国产民谣吉他的开山鼻祖,在日本掀起了一股民谣狂潮,是职业乐手与业余爱好者向往的经典款。当时的售价为一万八千日元,从一九六六年到一九七○年生产了约五千把。"

纪子都不敢看屏幕了。天哪,这居然是把很有名的吉他,还是"国产吉他的开山鼻祖"。为什么这么有价值的东西会躺在我家的壁橱里?

但它的市场价是三万日元左右,这让纪子深感欣慰。看来大家还是比较冷静的,如果是三万块的话,她也不至于背上太重的心理负担。

跟清志老实交代吧。谁让他把吉他闲置了七年呢,他也是有责任的。

没想到,就在纪子斟酌坦白时机的时候,清志突然去西部地区出差,一走就是三天。来不及等他回来,竞价截止时间就到了,吉他以四万两千日元的价格成交。

  我住在地方小城,平时很难有机会见到古董吉他,能拍到真是撞了大运。看过照片就知道吉他的状态非常好,而且还附带珍贵的原装吉他盒,太让人激动了。谢谢你,"晴天"!

  买家貌似是个住在秋田县的中年男人。难怪能卖那么贵,原来这个原装的盒子也值钱,发烧友的世界可真够深奥的。纪子已经破罐子破摔了,万一老公发现吉他不见了,她也要一口咬定:"我什么也不知道!"

  买家给出的评价是"非常好"。他在追评里表示,商品的实际状态也没有让人失望。

  收到吉他了。音效太棒了!多用用一定会更好的,不知道该怎么感谢卖家才好。

  中年男人跟小孩子一样兴奋的模样浮现在纪子眼前,连点评里的感叹号都让她大为感动。太好了,买家很高兴——一瞬间,她甚至有种自己变成了特蕾莎修女的错觉。

  天上砸下来一笔"巨款",岂能不好好利用。纪子与妹妹结伴前往东京市中心的酒店,点了"美体养颜单日套餐"。先品尝法式午餐,再蒸桑拿,享受技师细致周到的精油按摩,然后来到点着香薰的休息室,瘫在躺椅上睡了个午觉。成家以后,她可从来没有这么奢侈过。

纪子细细品味这来之不易的幸福。

3

"山本太太,你最近是不是开始做什么了?"

居委会举办旧报纸回收活动时,邻居家的主妇开口问道。其实她已经偷瞄纪子好一会儿了,实在好奇才过来搭话。

"做什么?"

"是开始去健身房锻炼了,还是开发了新的美容方法呀?"

"没有呀,"纪子撅起嘴回答,"什么也没干,还不是一天到晚忙家务。"

"是吗……瞧瞧你这皮肤,多光滑啊!"人家倒也不客气,伸手碰了碰她的脸颊,"这是因为新陈代谢变好了。你肯定在做运动吧?"

"没有啦。"纪子苦笑道。

"那就是去过美容院了?"

"前些天是去酒店做了个精油按摩……"

"那就对了，快告诉我是哪家店！"

对方的语气格外认真，把纪子逗得前仰后合。就去过一次而已，哪有那么立竿见影的效果。

但她也高兴得差点跳起来。家里人看不出来就算了，反正懂的人自然会懂。

回家后，纪子对着镜子仔仔细细地打量自己的脸。皮肤确实紧致饱满，整个脸颊好像都被提拉上去了。这绝对不是错觉，是真的变年轻了。

怎么回事？除了去酒店做按摩，她并没有做过特殊的护理。之前那条皱纹也是突然消失的。硬要找原因，只能说她最近迷上了网络拍卖，找到了新的人生乐趣。

她一边用双手按摩脸颊，一边思索。保不准真是拍卖的功劳，不是都说女演员靠着大众的关注才越变越美吗？一点小小的盼头，就能让人改头换面。或许是买家的好评与感谢为她带来了自信，注入了青春活力。

既然是这样，就更得好好挑选下一件拍品。纪子找遍了家中的每个角落。

闲置的包包，不穿的衣服，没电不走的手表……都不行。如果是名牌货也就罢了，可这些东西都没牌子，只能拿去跳蚤市场甩卖。

要不干脆卖个家具试试？搬家的时候多买了两把餐椅，免得家里来客人没地方坐。谁知这两把椅子一直沉睡在放杂物的棚子里，从来没拿出来用过。虽然是便宜货，但是跟新的没有区别，总有人用得上吧。红色的椅垫也挺好看的。

好嘞，就这么定了。纪子拍了照片，迅速发布了商品信息。

七年前买的木椅，本打算家里来客人的时候用，总也没机会，一直放在杂物间，所以跟新买的一样。我记得原价应该是五千块左右。尺寸是……

描述商品已经难不倒她了。而且她总结出了经验，实话实说更容易赢得买家的信赖，写得天花乱坠反而让人起戒心。

起拍价一千日元，是两把椅子的打包价。她的目标是四千日元。一切顺利的话，就能找个工作日的中午吃顿高档寿司。

没想到椅子上线后迟迟没人出价。纪子每天一有时间就上网瞧一瞧，可出价人数栏里永远是一条冷清的横杠。眼看着再过二十四小时就要截止了，还是一点反响都没有。

纪子大失所望，不知道是不是心理作用，皮肤好像都失去了光泽。得找点更有吸引力的商品，名牌啦，绝版商品啦……

她做好了流拍的思想准备，不料在倒数几分钟的时候，有人出价了。没人跟他竞争，所以成交价就是一千日元，一分不多一分不少。买家肯定觉得，反正没别人出价，"就一千块，权当是捡个便宜"，所以才下决心买吧。算了算了，总比没人要好。买家是位男性，住在琦玉县。

纪子抖擞精神，把椅子包装好，确认货款进账后，发了邮政包裹。如果买家是独自居住的学生或新婚夫妇，那该多好呀……纪子浮想联翩。只要买家高兴，她就心满意足了。

第二天，邮件来了。买家给的评价是"一般"。一般？纪子火冒三丈，脸都气红了。为什么不是"非常好"？

其中一把椅子的腿上有瑕疵。虽然不明显，但以后还是提前拍照说明为好，方便买家参考。

瑕疵？不就是碰到了墙角，稍微凹下去那么一小块吗？这买家也太神经质了吧？总共就赚你一千日元，至于这么挑剔吗？

纪子气得冒烟，继续往下看。点评的最后有这么一句话："如有其他闲置的家具，请直接邮件洽谈收购事宜。"

啧。纪子不禁咂舌。肯定是专门倒卖东西的人，专挑快要流拍的商品下手，低价进货，再转手卖出去。

什么世道啊。早知如此就不卖了，而且还挨了个中评，肯定是连最基本的礼貌都不懂的中年男人。

纪子实在气不过，决定不给对方评价，虽然人家十有八九是不在乎的。

正心烦意乱的时候，她照了照镜子，发现那条一度消失的皱纹竟然又冒了出来，立时吓得面无血色。

天哪，眼看着就要越活越年轻了——纪子的心头顿时蒙上一层阴霾。

都怪这次拍卖，没收到感谢的怨气全体现在脸上了。

她趴在客厅的沙发上，脸深深地埋在靠垫里，浮现在脑海中的念头却是"接下来要卖什么呢"。心中的不甘必须用一次成功的拍卖来扫除，要找个有价值的东西卖掉，赢个好评回来。

纪子给自己加油鼓劲，爬起身来，决定在家中重新搜索一番。

清志很晚才到家，没想到等待他的却是这样一个问题。

"老公，我能把你的唱片机放到网上拍卖吗？"

纪子指着院子里的杂物棚问道。那里放着一个纸板箱，里面装了许多唱片。她从里面翻出了一台唱片机。

"不行不行！唱片机现在可值钱了！"

吃着茶泡饭的清志坚决反对。纪子自然料到了这一点，因为他年轻时就爱听外国摇滚乐队的唱片。

"可你都好多年没用过了呀。"

自从家里买了 CD 机，唱片就束之高阁了。

"这不是没空嘛。等由佳跟祐平独立了，我就去买套好音响，一张张听过来。退休以后，我就指着这些唱片过日子了。"

"好吧……"

纪子只得作罢。一听到"退休"，她便后背一凉。要是一不小心扯到吉他，那就有大麻烦了。

这时，清志问道："你这么迷网上拍卖啊？"

"没有，就是随便问问……"纪子摇摇头，敷衍过去。不妙，他可能要想起那把吉他了。

清志停下筷子，盯着纪子看，一副欲言又止的样子。

"干吗，你是不是想说'你也上年纪了'？"纪子故意用很冲的语气质问。

"才不是呢，你闹什么别扭啊。"

"谁跟你闹别扭了！"

纪子起身走向水池，开始刷碗。

"纪子，你不会迷上网聊了吧？"清志幽幽地说，"有个比我晚进公司的同事，他老婆就是因为孩子大了，没事做，想找个人聊聊天，结果成天泡在网上，把他给愁的啊……"

"'网聊'是什么？"纪子是真的不知道。

"那就好。我看你最近老守着电脑，才有点担心。"

"哟，你还会担心我，谢谢哦。"

太好了，吉他已经被他抛到九霄云外去了。纪子松了口气。

老公的东西还是别动了，她可不想打草惊蛇。

去新宿买东西的时候，纪子顺道去了趟纪伊国屋书店。见店里堆了一大摞作家签名本，她灵光一闪：要不把签名本拿去拍卖吧？对住在其他城市的书迷来说，这可是梦寐以求的宝贝啊。先买回家看一遍，赚回本，再加价卖掉，一石二鸟！

签名本的作者叫奥山英太郎，纪子没听说过。不过没关系，流通量少，反而容易升值。如果恰好有一批狂热粉丝，那就撞大运啦。

纪子立刻买了一本回去。书本身是无聊透顶的搞笑小说，让她有点担心销路。但上网搜过作者的名字以后，她发现这个人性格古怪，从来没开过签售会，顿时多了几分信心。拍卖网站上也没有人卖这位作家的签名本，稀缺性应该是有保证的。

起拍价设为定价的一半，商品刚刚上线，就有好几个出价者。纪子顿感心头一热，她就喜欢这个瞬间，查看竞价情况成了她每天最期盼的事情。

一星期后，原价一千六百日元的书竟以三千日元成交。买家住在鹿儿岛县，据说是作家的女书迷。

乡下书店压根儿不卖签名本。我喜欢奥山老师好多年了，能拍到这本书真是太开心了，以后它就是我们家的传家宝。谢谢你，"晴天"！

买家给她作了"非常好"的评价。啊，太好了！纪子终于卸下心中的石头，全身起了一层鸡皮疙瘩，皮肤仿佛也瞬间绷紧了，用"心醉神迷"来形容她当时的感受都不为过。

来了来了，我要的就是这种感觉，女人就是这样变美的。

纪子用挣来的三千日元换了一份魂牵梦萦的高档寿司外卖。

有了孩子以后，她净吃回转寿司，只觉得每一口都格外美味，星鳗几乎能在舌尖融化。寿司盒是她亲自送回去的，要是让孩子们瞧见了，免不了又是一顿埋怨。

连便秘都好了，恼人的皱纹也不见了，独自在家的纪子振臂欢呼。

4

网络拍卖已然占据了纪子的内心，一得空她就翻箱倒柜找东西卖，一去书店就扫视货架，找签名本。

她每天都要上拍卖网站逛两圈。不知不觉中，她发现了一批表现活跃的"常客"，卖完这个卖那个，几乎从不间断。

一个卖泽田研二演唱会场刊的人，竟在另一个专区卖起了防灾收音机。这两样东西放在家里都不怎么碍事，也卖不了几个钱，怎么想都只能是玩票。

纪子推测，这位卖家大概也是跟她一样的家庭主妇。只要交易顺利完成，商品也没有问题，大多数用户都会给出"非常好"的评价。对难得受到表扬的主妇而言，一个小小的好评就能让人乐开花。正是为了品尝这种充实感，大家才会一次次参加拍卖，根本管不住自己的手。

纪子笑了，苦笑中带着几分感慨。原来人家都一样，渴望着与他人产生交集。

她犹豫了许久，决定挂一套咖啡杯上去。那是买新车时经销商送的礼品，只用过一次就闲置了。本来是准备给客人用的，可杯子上印着厂商的商标，一看就知道是白送的，别提多寒酸了，只能收起来。

东西不是全新的，这让纪子有点难为情，但这套杯子够五个人用，总有人家用得上吧。比如热闹的大家庭，又比如没几个人的小公司……

起拍价是一千日元。她在商品信息里坦言这套杯子是用过一次的，并补充道："装箱发货前一定煮沸消毒。"

出人意料的是，竞拍者蜂拥而至。真的假的？纪子瞠目结舌。大家就这么喜欢杯子上的"HONDA"商标吗？在她看来，那玩意儿明明很碍眼……

不过稍微琢磨一下，她就想通了。跟香奈儿、古驰的商标是一回事，限定款果然抢手。

最终，咖啡杯套装以一万日元的价格成交了，真是万万没想到。那天深夜，纪子激动得高举双臂。去美发厅吧！她要换个发型，再去银座看电影。

无论纪子走到哪里，都有人夸她变漂亮了。街坊邻居与家委会的母亲们更是追着她嚷嚷："哎哟，你最近真是容光焕发呀！"还有些人虽然没直接发问，却用惊奇的目光看着她。

全副武装走在银座街头的那一天,有人往她手里塞了一本高档女装店的宣传册。她回过头观察了一会儿,发现工作人员只发给美女,土里土气的大妈是一眼都不会多看的。她的自尊心得到了极大的满足。

最令人心潮澎湃的事还在后头。当她在咖啡厅休息时,有位英俊的中年商务男士坐在她附近,偷偷瞧她。不是她自作多情,那眼神仿佛在说:"这儿有个美女嘛——"

纪子愈发自信了。家委会的干事工作,要不也接下来试试看?这一切的一切,都是网上拍卖的功劳。

事到如今,物色下一件拍品自然成了头等大事。然而库存已经见底,家里实在找不出什么像样的东西了。

就在纪子浏览拍卖网站,参考其他用户的拍品时,清志回来了。他站在妻子背后偷看屏幕,问道:

"我看你每天晚上都坐在这儿,忙什么呢?"

"要你管,我就爱倒腾这些。"

"好了不起的爱好哦。"

语气中的不屑让纪子怒上心头。但她决定不跟丈夫计较,先敲他一顿好吃的。

"对啦,下周三不是我的生日嘛,带我去吃意大利菜吧?"

她想打扮得漂漂亮亮的,出门走走,而且必须是晚上。

"孩子们怎么办?"清志问道。

"有什么关系,都是初中生了。偶尔让他们看会儿家,咱们俩出去享受一下二人世界,不是挺好的嘛。"

"嗯,偶尔下趟馆子是挺不错的。可惜我下周得去近畿出差,一个星期都回不来。"

纪子没吱声,只是咬紧牙关。因为她看到清志脸上仿佛有一丝冷笑闪过。

"我会带礼物回来的。正好要去伊势,要不买点龙虾,回来做火锅吧。"

"还不如买条珍珠项链呢。"①

"没钱。"

清志断然拒绝。纪子怒火中烧,扭头转向电脑,连饭菜都不给他热了。

卖掉清志的高尔夫球杆算了!这个念头在她的脑海中打转。

纪子实在找不到合适的东西卖,只能重新翻出唱片机。它长得四四方方,跟日式饭盒有着同样的轮廓,金属外壳为它增添了几分科幻感。想当年,这大概是最前沿的设计了。在唱片早已被 CD 取代的今天,唱片机就是时代的遗物。不过这个机器的主体部分很轻,应该不是什么高档货。

插上电源,摆好唱片,按下播放键。很好,还能转动,看来马达没有问题。但这台机器只能读片,需要外接设备才能听

---

① 伊势所在的三重县是著名的珍珠产地。

到声音,她也没法测试其他功能。

卖了吧——纪子喃喃自语。事情败露了,大不了买个新的给他。她去电器店逛了逛,发现角落里摆着几台唱片机,价格在三万日元左右,看来全新的也不贵。

清志的声音在耳边回响:"好了不起的爱好哦。"岂有此理,气死人了,根本没把家庭主妇放在眼里。

好极了,说卖就卖。纪子觉得自己有权这么做。直到几年前,她还在外面做小时工补贴家用,自己什么都舍不得买,把钱都省给孩子。

先拍照,再写商品描述。她推测印在机身上的那串字母和数字应该是品牌和型号,就一并写了进去。

> Technics 的 SL-10 唱片机。一直躺在我家的杂物间,但是可以正常使用。买家收货后发现有问题可以退货。

起拍价定为五千日元。这么古老的东西,总有人冲着情怀下手吧。

她在老公出差的那一天发布了拍卖信息。"拜拜!"——见他轻轻摆手出门,纪子就一点负罪感都没有了。她的生日可是被直接忽略了啊。

哼,等唱片机成交了,我就买块松阪牛排回来,自己煎着吃。就挑你们都不在家的工作日中午!

纪子操作着电脑，干劲十足，鼻子几乎要喷火。

眼看着SL-10唱片机的价格一路飙升，上线当天就突破了三万大关，纪子顿时产生了不祥的预感。不会又"中奖"了吧？她提心吊胆地搜了搜产品名称。果不其然，这款SL-10的唱片机貌似相当"名贵"。

Technics的SL-10是第一款国产黑胶唱片机。一九七九年上市时，价格高达十万日元，刷新了销量纪录……

纪子不禁皱眉。吉他是名琴，这唱片机也不赖，难道是清志特别有眼光？为什么这样的"宝贝"会在我们家里？

不过话又说回来，男人的世界可真是难懂。不就是个二手的音响设备吗？又不像皮包能拿出门炫耀，这种破烂有什么好抢的？

几天后，竞拍价格竟超过了五万。这下纪子是真的有些过意不去了。能不能撤销啊？她查了查拍卖网站的规定，发现撤销大概是没办法了。

纪子躺在沙发上，陷入沉思。怎么办呢？向老公老实交代，再道个歉，"对不起，我把你的唱片机卖了？"

不行啊。交代了这次的，上次的吉他不也得交代吗？要是清志知道我偷偷卖了他的两件古董，不气得直跳脚？

纪子长叹一声，视线投向窗外。秋高气爽，万里无云，阳光是如此耀眼。

是个晴天啊，真想出去走走，去海边也行，爬山也行。结婚以后，她每次旅行都是和家人一起，平时总是待在家里照顾一家人的起居。而今天正好是她的四十三岁生日。

要不等那个SL-10唱片机卖出去了，就约上妹妹一起去趟北海道吧。赏红叶，吃螃蟹，泡个温泉享受享受……真去了大概也不会遭报应，老天爷肯定也会支持自己的。

纪子闭上眼睛，做了个深呼吸。几秒后，她睁开眼睛，告诉自己：

好吧，破罐子破摔了！能瞒多久是多久。真吵起来了，我就哭给他看！

目标直指十万日元。反正要去，就找家一流的旅馆住一住。

纪子爬起来，再次走向电脑。

今晚吃寿喜锅。倒不是因为过生日要吃顿丰盛的晚饭庆祝，只是纪子懒得做菜，反正孩子们也爱吃肉，不会有怨言。

准备好材料以后，她喊二楼的孩子们下来吃饭："由佳，祐平，开饭了！"

姐弟二人慢悠悠地走下楼梯，却没有落座，而是并排站在餐桌前，而且好像都在背后藏了东西。

"怎么了？快坐呀。"

孩子们都红着脸，一副难为情的样子。

由佳用手肘戳了戳祐平。"你快说呀！""姐，你先说！"两人说起了悄悄话。

"干吗呀，出什么事了？"纪子莫名其妙。

由佳清了清嗓子，开口说道："妈妈，生日快乐！"说时迟那时快，她从背后掏出一束花来。

"生日快乐！"祐平紧随其后，捧着一个缠着丝带的小盒子送到纪子面前。

"哇！"纪子惊得睁大眼睛。映入眼帘的是孩子们的笑容。

万万没想到，这样的事可是破天荒头一遭，她连话都说不出来了。

"爸爸去出差那天早上，特意叮嘱过我们，'星期三是妈妈的生日，你们送个礼物吧'。"由佳腼腆地说道。

"还塞给我们三千块，让我们买束花什么的，但我们最后各自添了五百块哦。"祐平补充道。

"就你啰唆。"由佳皱着鼻子数落弟弟。

暖流在胸口涌动，只要轻轻按下开关，纪子随时都能号啕大哭。她好不容易才挤出一句话来：

"谢谢你们，妈妈好开心啊！"

纪子闻着花香，感觉自己幸福得快要飞上天了。打开祐平给的小盒子一看，是个很可爱的胸针。看着一点都不贵，但招人喜欢，格外暖心。它一定会成为纪子毕生挚爱的宝物。

"好棒呀，是寿喜锅。"祐平兴奋地嚷嚷。

"祐平，大葱也要乖乖吃掉哦。"由佳趁机敲打他，语气就像她妈妈似的。

两个人都十分难为情。

纪子无比庆幸自己生了这对儿女。细细想来，家人一直都是她的幸福之源。

三人围着锅坐下来，向来闷头吃饭的由佳与祐平一反常态，说了好多学校里的事情。纪子很清楚，孩子们的分享是为了逗她开心。

她将视线一次次投向花束，每看一眼都默念一遍："谢谢你们。"

这份幸福，至少能为她提供十年的动力。家人就是她坚实的后盾。

饭后，纪子接到了清志的电话。他已经到伊势了，一接通，他便用滑稽的语气说道："珍珠项链也太贵了吧，买耳环行吗？"

"当然啦。你愿意买给我，我就很开心了。"

纪子顺便感谢了丈夫的暗中安排。"多谢你啦。""不客气。"明明是夫妻，却有些莫名的羞涩，两人没说出什么浪漫的台词来。

"话说，你怎么突然想起这件事了？"纪子问道。

"我看你总盯着电脑，生怕你有什么想不开的事……"

"你傻不傻，我哪里想不开了。"纪子微微露出苦笑。

清志说："你可别把珍珠耳环拿去拍卖哦。"

"怎么会呢。"

话一出口，她便想起了唱片机，只觉得后背一阵发凉。完蛋了。她已经犯下大错，无法挽回了。

纪子前脚挂电话，后脚便打开电脑。点开拍卖页面一看，价格居然已经炒到了七万，而且截止时间就是今晚十一点。

纪子一阵哀叹，双手抱头。要不跟买家道个歉，让人家别买了？"对不起，这是我瞒着老公偷偷挂上去的"。关键是买家肯不肯罢休……

事到如今，哪里还卖得了。她不想背叛清志。

"对了！"纪子猛地起身。可以找妹妹啊，她可是推荐给自己拍卖网站的罪魁祸首。

她连忙拨通了妹妹的电话。

"喂，是我！不好意思，大晚上的……快帮我个忙，赶快上拍卖网站，找一款 Technics 牌的唱片机，型号是 SL-10，出价十万把它买下来！"

"啊？SL-10，什么跟什么啊？"电话那头的妹妹一通怪叫。

"你听我说，找一个用户名叫'晴天'的，那人就是我……"

"晴天？"

"哎呀……"

纪子拼命解释，满头大汗。

此
处
是
青
山

1

三十六岁的汤村裕辅迟到了。在半路参加的晨会上，他从老板的口中得知，自己待了十四年的公司破产了。

星期一早晨，他被铁路道口的栏杆挡住了去路，没赶上平时坐的那趟快速列车。换作平时，他肯定会直接钻过去，强行横穿铁轨。不巧的是，道口附近有个警亭，执勤的警官就守在道口前面，于是高中生、女白领和形形色色的乘客都只能目送红色的列车远去。说白了就是没事找事。周边居民给这位坏脾气的警官起了个雅号"笨警察"。简单直白，但叫起来格外痛快。

裕辅就这样迟到了十五分钟左右，低着头溜进办公室。只见六十多个同事全站着，听五十多岁戴着假发套的老板训话。裕辅决定先在角落里站一会儿，不去自己的工位，等晨会结束了再说。

就在这时,裕辅的视线与总务部门的女同事相交。他笑了笑,对方却一脸困窘,微微苦笑。他把视线转向一旁,看到了平时经常一起打麻将的同事。同事面无血色,死盯着前方的老板。裕辅就是在这个时候察觉到了异样。

"我怀着万分悲痛的心情,决定为公司二十年的历史画上句号。"

不会吧……听到这句话,裕辅瞠目结舌。

"其实从上周开始,我已经把能跑的地方都跑遍了,想方设法筹钱,银行却无情地拒绝了我,决定不再向我们提供融资支持……"

哎哟。裕辅喃喃自语。事情来得太突然了,就像做梦似的。

晨会一结束,老板便在干事们的簇拥下匆忙走出了办公室,只留下一位负责总务的董事,向大家交代各项事宜,比如剩下的工资会在什么时候按天数折算好汇入账户,健康保险和厚生年金①要怎么操作等。遣散费是没有的。员工不满意也没办法,因为公司里没有工会,高层的决定一定会被贯彻到底。经理级别的人还得留下来收拾残局,普通员工可以直接走人了。

裕辅环视整个办公室。贴在墙上的业绩表单,褪色的储物柜……一眨眼,十四年了啊。他不禁感慨了一小会儿。刚入职的时候,老板还是个正经的秃子呢。

---

① 日本的一种保险,类似我国的养老保险。

从一所只有接力长跑队出名的私立大学毕业后，裕辅进了这家公司。公司对外宣称做的是与电脑有关的生意，前景无限，员工的日常业务却与广告销售无异。裕辅每天都要跑客户，鞋底都磨薄了。入职没多久，他便灰心丧气，只能硬着头皮告诉自己"工作都是这样的"，一天一天地熬。两年一过，倒也习惯了。小公司也有小公司的好处，同事们亲如一家，裕辅对这一点还挺满意。

三十六岁，年薪六百万日元，单看收入的话只能算一般。他在六年前结婚，现在有个四岁的儿子。公寓的房贷还剩三十年要还，所以"公司破产"对他来说可不是开玩笑的。

销售部的同事围着办公桌交头接耳。"真要命。""怎么办啊？"……大家居然还挺镇定。甚至有人面露冷笑，也不知是笑给谁看的。

裕辅去请示部长，部长却带着僵硬的表情说："我留下来善后，你们都回去吧。"部长姓山科，今年四十五岁，家里有一对明年要高考的双胞胎女儿。无意中，他瞥见部长的指尖在微微发颤。

裕辅姑且给妻子发了条短信，因为他不知道该在电话里发出怎样的声音才好。

"惊天大新闻，今日公司关门大吉了！"

不一会儿，妻子厚子就打来了电话。

"你说真的？"

"嗯，晨会上突然宣布的。我从今天开始失业啦。"裕辅尽可能用快活的语气说道。

"哦……知道了。今晚想吃什么？"

"总不能吃寿喜锅吧。"

"没关系，买便宜点的肉就行了。"

也许因为现在是"非常时刻"，两人聊了几句不痛不痒的闲话。厚子说，儿子升太有点拉肚子，天知道他会不会在幼儿园拉裤子。

打完电话，同事提议一起去打麻将。裕辅没理由拒绝。公司附近的麻将馆傍晚才开门，所以一行人跑去了歌舞伎町。在旁边打牌的有调酒师，也有中国人。

"老板开始遮挡秃头的时候，我就觉得这公司不妙了……"

反正要散伙了，每个人都畅所欲言。

不到中午就喝上了啤酒，还大方地点了把大三元，裕辅有种说不出的解放感。

傍晚回家一看，只见厚子在做塑形体操，躺在地上大汗淋漓地扭动身子。

"回来啦，阿裕。食材我都买好了，你把寿喜锅的东西准备一下吧。对了，记得先给升太洗澡。"

"知道了。你在干吗？"

"我把以前穿的套装翻出来试了试，结果穿不进去了，得减肥啊。"

"哦……"裕辅抱起正在玩玩具的升太,蹭了蹭他的脸蛋。

"那个,我决定从明天开始出去上班。"

"什么?"这个消息来得太突然,裕辅吃了一惊,"去哪儿上班?"

"我给老东家打了个电话,就是雅典娜经济研究所。所长说,'你老公失业了?那你回来上班吧。'于是我就决定去了。开的工资也还可以。"

"哦,这样啊……"

"你也不发表发表感想?"

"呃……对不起。"

"干吗要道歉?"

"要辛苦你了……"

"我还以为你会恭喜我呢。"

"啊,也是……换个角度看的确是。那就……恭喜你啦。"

"谢谢啦。这样我们汤村家就不用喝西北风了。"

厚子说道,咧开嘴露出了虎牙。她仰面朝天,做着蹬自行车的动作,每蹬一下,脸颊上的肉也跟着跳一下。

裕辅顿时觉得一身轻松,脚跟仿佛要离地了。卸下担子以后,他才意识到自己一直都活在重压之下。虽然他不是那种强势的大男子主义者,却也有正常人应该有的责任感。

"哇哦。"他试着用声音表达心中的感受。

"哇哦。"厚子也笑着回了他一声。

裕辅脱下西装，解开领带，系上围裙，从冰箱里拿出蔬菜和肉，洗了手，咔嚓咔嚓地切起了大葱和白菜。蔬菜是如此水嫩，仿佛也在为从明天开始的新生活叫好。

第二天早上，裕辅是六点起的床。他心想，既然厚子要出去工作，那么料理家务就成了他的任务。他们并没有讨论过这件事，却达成了默契。裕辅一个人轻手轻脚地下了床。

电饭煲有定时功能，昨天晚上已经设定好了，所以他决定做一锅味噌汤。

哎呀，味噌汤该怎么做？裕辅站在水池跟前，陷入了沉思。结婚前，他几乎从来不开火。成家以后，厨房里的事情都是厚子负责。说来惭愧，他连味噌汤的做法都不知道。

先把材料摆出来看看吧。豆腐，还有油炸豆腐。两种食材好像太少了，再加点土豆吧。

然后，好像得先熬高汤……裕辅自言自语起来。电视上经常播美食节目，这点基本常识他还是有的。可他找了半天，木鱼花和海带都不见踪影。唔，难道我们家的味噌汤不是用高汤做的？

裕辅只能把睡梦中的妻子摇醒，心里很是过意不去。"有速溶的，在厨房的抽屉里。"妻子给出了非常简洁的回答。原来如此，还有这种东西。

烧一锅开水,把食材丢进去,随便加点速溶高汤粉。在食材熟透之前,再烤几片竹荚鱼干。汤村家早上的配菜不是竹荚鱼干,就是柳叶鱼。

裕辅把烤鱼网架在炉子上加热,拿起鱼干,再次陷入沉思:皮朝下还是肉朝下?

算了算了,应该不会有太大影响。反正要烤两片,裕辅就把两种方法都试了一下。炉子开了中火,因为他不知道用多大的火合适,只能折中。

米饭煮好了,用饭勺拌一拌,不错、不错,像模像样。不过这是全自动智能电饭煲,想煮坏都难。

土豆煮熟了,这时候应该加味噌进去。至于加多少嘛⋯⋯随意吧。他舀了一些味噌放进汤勺,一点点搅开溶进汤里。每搅两下,都要尝一尝味道。

可他也尝不出个所以然来。唯一确定的是,这汤的味道明显和平时不一样。而且,汤里的土豆多得吓人,看来以后不能放两个。更要命的是,油炸豆腐都煮烂了,看着跟豆腐皮似的。完蛋了,原来油炸豆腐不能煮太久。

快七点的时候,厚子起床了。"怎么样?"她探头看了看锅里的东西。"小菜一碟。"裕辅若无其事地回答。只见妻子略微屏住呼吸,默默走到餐桌边,看起了报纸。

"阿裕,报纸上说股价时隔三个月,终于涨回一万六千日元了。"

"哦……"裕辅不懂经济，只能随便应付一句。

升太也起床了。厚子带他上厕所，然后和他并排着刷牙。直到昨天，做这些事的还是裕辅。

裕辅把做好的早餐摆在桌上。他一点自信都没有，便决定破罐子破摔。反正有米饭，实在不行，配上纳豆和生鸡蛋就是一顿早饭。

一家三口围坐桌边。厚子最先拿起味噌汤喝了一口，微笑着说道："嗯，好喝。"然后转向儿子问道："升太，是不是很好喝呀？"

"好喝。"升太大口吃着米饭回答道。饭上撒着面包超人的拌饭料。

妻子的体贴令裕辅感动不已。因为他第一次动手做的味噌汤一点都不好喝，高汤粉和味噌的用量肯定都不对，鱼干烤过头了，鱼皮上也没有香气扑鼻的焦痕。做菜真是门深奥的学问。

这顿饭他越吃越沮丧，端上餐桌的饭菜不好吃，就意味着他在这个家没有容身之地。女同胞们到底是如何忍耐家人对自己做的菜评头论足的呢？

吃完早餐，厚子往梳妆台前一坐，开始仔细地化妆。毕竟要重归职场，随随便便化一下怕是不行。

裕辅忙着给升太收拾要带去幼儿园的东西，把手帕和马克杯塞进斜挎包。就在这时，他突然面如土色。完了，忘了准备儿子的午饭！他不禁双腿瑟瑟发抖，都没想到自己会如此惊慌失措。

怎么办？裕辅连忙找妻子商量。厚子给出了十分冷静的建议："回头再给他送去呗？"对，白紧张了。

厚子最先出门。"路上小心！"父子俩到家门口为她送行。

"妈妈要去哪里呀？"升太含着手指问道。裕辅回答："去上班。"

"替爸爸去上班吗？"

"对呀，爸爸的公司倒闭了。"

"'倒闭'是什么意思啊？"

"就跟天天放暑假一样。"

"哦……"儿子抬头望着父亲，一脸莫名其妙的表情。

到了八点半，裕辅牵起儿子的手，送他去幼儿园。幼儿园就在汤村家所在的街区，走路用不了五分钟。走到半路，面包店的阿姨喊住了升太。

"哎呀，这不是小升吗？今天是爸爸送呀？"

"对呀，爸爸的公司倒闭了。"

"哟，这样啊。"

阿姨肯定没听清楚。只见她眯起眼睛，点了点头。

幼儿园老师也问了同样的问题。

"爸爸的公司倒闭啦。"

听到这话，周围的大人瞬间变了脸色。"哎呀，原来是这样啊，哦呵呵……"老师面露尴尬，吞吞吐吐。

裕辅反倒跟没事人一样。把升太交给老师的时候，他说："对不起，我今天忘了准备他的午饭，一会儿再送过来。"末了还十分得体地和其他同学的妈妈打了招呼。

　　"爸爸的公司倒闭啦……"回家路上，裕辅一想起刚才的光景便笑了起来。小朋友老实点挺好的，这样就不用解释事情的来龙去脉了，他不由得松了口气。从明天开始，就能大摇大摆地接送儿子了。

　　到家后做的第一件事，自然是准备儿子的午饭。裕辅把米饭装进小小的饭盒，用肉松和小鱼干做点缀。配菜是厚蛋烧，以及冰箱里现成的迷你肉扒。没有绿色蔬菜总觉得怪怪的，于是他用盐水煮了一点西兰花，虽然升太十有八九不会吃。

　　把这一套做下来，还真有些成就感。他用面包超人的手帕裹好饭盒，一路小跑送去幼儿园。

　　接下来要打扫卫生，外加洗衣服。真开始做，裕辅才发现这两项任务还挺费事。打扫浴室更是不折不扣的体力活，用海绵擦浴缸的时候，他都觉得腰疼了起来。在广告里，只要喷一下清洁剂，再用水冲一冲，脏东西就掉光了。现在裕辅才知道，广告里都是骗人的，黏糊糊的污渍可顽固了。

　　洗衣服还行，晾衣服才累人，手臂直发酸。浴巾占了大半根晾衣杆，格外碍事，晾床单肯定更麻烦吧。裕辅看待事物的角度都跟以前不一样了。

他对电视节目不感兴趣，所以打开了收音机，边做家务边听广播。他跟着外国的流行歌曲哼唱，唱着唱着才猛然想起来：哦，我们公司昨天关门了。也就是说，我失业了……

不对，我这不是在工作吗？家务也是正儿八经的劳动啊！他在心里慷慨陈词了一番。

反正家里没别人，谁也不用顾忌，所以他痛痛快快地放了个屁。直到昨天，妻子应该也是在这里放屁的吧？一想到这儿，他不禁笑了：厚子这家伙，日子过得挺舒服啊。

午饭煮了点冷面吃。他不知道下多少面合适，一不小心倒进去两百克，煮出来一大锅，只能硬塞进胃里。

厚子发来短信，说同事们要给她开迎新会，晚点回家。太好了，看来她们公司的气氛挺和睦。

也就是说，今晚只剩他跟升太吃晚饭。做什么菜呢？征求儿子的意见也是白搭，因为他会做的东西少得可怜。

要不做咖喱吧，用料便宜。没吃完的话，塞进冰箱冻起来就行，关键是简单好做。再煮个汤，拌个沙拉做配菜……对了，接升太之前去买本菜谱吧。裕辅激动得一拍手。毕竟来日方长，他也想提升一下自己的厨艺。

不知为什么，他有些喜不自禁。待在家里可真好，换作以前，这个时间他正在跑客户呢。

想着想着，裕辅在客厅四仰八叉地躺下来。

2

三天后，裕辅彻底习惯了围着家务转的日常生活。虽然不够麻利，常常出错，但他完全不觉得"忙着做家务"有什么不对，一点都不觉得难受，反而还有点享受呢。

给升太做午饭最能点燃他的斗志。孩子是一种不会看别人脸色的生物，如果觉得某个东西不好吃，啃一口就放下了。果不其然，第一天放进饭盒里的西兰花就剩下了，只多出了一排小小的牙印。第二天，裕辅又在饭盒里放了西兰花，但是在上面挤了点蛋黄酱。结果儿子只吃了沾到酱的部分。作为掌勺人，裕辅不禁在心里惊呼："哟！"今天他别出心裁，在西兰花表面抹了一层薄薄的蛋黄酱，又用烤箱烤了一下。这招能不能奏效，儿子回家以后便能见分晓。裕辅心中充满期待。

另外，他终于找到了味噌汤不好喝的原因——他没有撇去浮沫。看了菜谱，他才知道还有这么一步，不禁皱起眉头感叹："哎哟！"今天早上，他立刻实践了一下，煮了一锅没有浮沫的味噌汤。吃早饭时，他留心观察厚子的神色。她的表情仿佛在说："哟，不错！"

洗衣晾晒自不用说，他还向熨烫发起了挑战。换作以前，白衬衫之类的衣服都是送去洗衣店洗，仔细想想，洗一件两百五十日元，还挺让人肉疼。成家前，他有时用蒸汽熨烫机，可熨斗真是头一回碰。

他先用自己的白衬衫试了试。把衬衫摊在熨烫板上，用蒸汽熨斗压住，再往前平移……看着皱巴巴的地方一点点变平整，还挺开心的。

不过袖子和衣领比较难弄，缝线处容易烫皱，或是烫出两道折痕。总而言之，熨衣身以外的部分还需要积累一些经验。

无奈之下，裕辅只能熨手帕、枕巾之类的东西。至于妻子的上衣，他好容易才按捺住跃跃欲试的心情。

就在他忙着熨烫根本没必要折腾的牛仔裤时，电话响了。接起来一听，竟是老上司山科。他一时改不了口，下意识地说道："是您啊，部长。"

"汤村，你这几天在忙什么呢？还好吧？"

"嗯，挺好的。"裕辅如实相告。

"你在找工作吗？"

"没有。"

"哦，也好。反正也没必要急着把自己塞进一家没意思的公司，趁机休养一阵子也不错。"

山科的语气分外体贴。

"部长呢？您在忙什么？"

"收拾烂摊子啊，每天都在跑客户。你也给老客户们发封感谢信，说不定以后还要打交道呢。"

"哦……"话说回来，部长找他有什么事？

"我昨天去了趟奈斯商事，正好碰到大野专务，就聊了起来。大野说,他们准备开拓新的在线业务,正在招人。还说碰上了就是缘分,让我考虑考虑。"

"哦……"裕辅默默听着。

"说白了就是他们想挖人,但我也不能随随便便摇尾巴不是?还得看条件合不合适呢。所以得约个时间正式谈一下,我下周会再去一趟。"

"这样啊,那真是太好了。"这是裕辅的真心话。有好消息总归是好的。

"所以汤村,你有没有兴趣?"

"啊?"裕辅一时语塞。

"对方想要的是整个团队,光挖我这样一个老头子过去也没用,他们也需要年轻的战斗力嘛。"

"哦……"他无意中用消极的口气应了一声。

"怎么啦?难道你找好下家了?"

"没有没有。"

"那你好歹考虑一下吧。"

"好吧。"

山科干劲十足地来了一句:"正所谓'人间到处有青山'① 嘛!"说完便挂了电话。

呃,部长,您念错了,首先青山不念"Aoyama",应该念

---

① 日本幕末时期僧侣月性所作诗句,"男儿立志出乡关,学若不成死不还。埋骨何期坟墓地,人间到处有青山"。

"Seizan"①……裕辅愣是把到嘴边的话咽了回去。人家都错了二十多年，还是别多管闲事了。

再就业啊……他望向窗外，喃喃自语。话说回来，这三天他压根儿没想过这件事情，满脑子都是儿子的饭盒里要放什么、今晚要吃什么、怎么样才能把衣服熨好。

唔……裕辅抱起胳膊。

不过，这种事发愁也没用。老婆都出去工作了，总得有人留在家里不是？

他把桌布熨了一下。干这种活儿技术难度低，面积也大，成就感特别强。广播里传来伯特·巴卡拉克的怀旧金曲。

当天下午，裕辅把升太接回来，让他在客厅里玩。谁知孩子突然提出"要出去玩"。当时裕辅正在研究女性杂志的烹饪专栏。

"我要去公园！我要跟小爱一起玩！"升太单手抓着玩具车，叉着腿站在父亲面前。顺便一提，今天剩下的西兰花上连牙印都没有。

对哦，小朋友就喜欢出去玩。这么理所当然的事，裕辅才反应过来。昨天和前天，他都是先去幼儿园接儿子，再顺便去超市买点东西，然后带着孩子回家，压根儿没考虑到儿子也是

---

① 诗句中"人间（Jinkan）"与"青山（Seizan）"为音读，但部长说成了训读的"人间（Ningen）"和"青山（Aoyama）"。

有"安排"的。

"好，去公园吧。"

太阳快下山了，所以裕辅给孩子穿了件摇粒绒衫，自己则套了一件夹克。

父子俩拿着一套玩沙子的工具，走向附近的公园。那是体育中心里的市民休息场所。

"小爱！"

"小升！"

刚到儿童游乐区，两个孩子便奔向对方，来了个大大的拥抱。这一幕看得裕辅心惊胆战。

"小升，你这两天都在家里玩吗？"

"嗯，因为爸爸的公司倒闭了。"

"你都在幼儿园说过三遍啦。"

裕辅不禁捂住脸。

游乐区还有几个孩子，貌似是每天和儿子在这里玩到天黑的小伙伴。不远处有个紫藤架，妈妈们都坐在那边的长椅上。裕辅刚把视线转过去，她们便齐刷刷地点头打招呼。

裕辅也点点头，做出"大家好"的口型。

然后呢？一个大男人硬挤进去，怕是会惹人嫌吧。他能感到对面的妈妈们有些不知所措，表情十分僵硬。

"因为公司倒闭不幸失业的汤村爸爸"——她们肯定听说了裕辅的处境。要是他过去了，人家必然要费心扯开话题，免得揭他的"伤疤"。

裕辅不知道该怎么办才好,只得在附近来回打转。银杏树下还有一张长椅,他决定去那边坐一会儿。长椅的一头坐着一位拄拐的老人。两人的视线刚好碰上,裕辅便向他微微鞠了一躬。

"今天不用上班吗?"老人问道。他大概正想找个人聊天。

"呃,是这样的……我们公司倒闭了,所以我现在失业了。"想到以后可能还会见面,裕辅便老实交代。

老人的表情顿时阴沉下来,好容易才挤出一句:"那可真是难为你了。"人家貌似是发自内心地同情裕辅的遭遇。

"你一定很不甘心吧。唉,我也是过来人。四十岁那年,我上班的公司也倒闭了,一家人差点流落街头。员工都很无辜,只怪高层太无能。我们不知道劝过多少次了,让他们分散风险,可他们偏要死死抱着母公司的大腿不放。这下可好,一死死一串!"老人说得嘴角口沫横飞,"唉,原来是这样啊。我懂,我知道你心里有多懊恼。但你千万不能灰心,一家人还等着你养活呢。那个小男孩是你儿子吗?真可爱呀。为了他,你也得咬紧牙关哪。"

"哦……"

"别太沮丧,人生总是有起有落嘛,正所谓人间到处……"

裕辅不禁抬起了头。

"有青山。"

呃,"青山"是念对了,可"人间"①……算了算了,真没想到同一天竟然有两个人对我说这句话。

后来,裕辅被迫听了三十分钟的谆谆教诲。老人说得眉飞色舞,就差把"真男儿须磨难"写在签名板上送给他了。光是随声附和就把裕辅累得够呛。

傍晚五点的钟声敲响了。《晚霞渐淡》的旋律传来。"明天见——"孩子们牵着母亲的手各自回家。裕辅心想,多么祥和的景象啊,换作平时,他大概还在公司写日报,说不定连客户都没拜访完呢。

晚上做一道炸虾吧。裕辅早就想挑战一下需要油炸的菜了。厚子也发来短信,说是会回家吃饭。

黑虎虾剥皮去筋,再划两刀,以免虾肉遇热蜷缩。南瓜切成薄片,白果用火烤一下,西兰花过水焯一下。各种蔬菜下锅前的准备工作也做好了。又在买来的塔塔酱里加了些捣碎的白煮蛋和蛋黄酱,觉得这样升太会更爱吃。

法式清汤直接用了金宝汤罐头。裕辅觉得,靠他现在的厨艺,根本不可能用盐和胡椒调出好味道。

准备晚饭的时候,他放了面包超人的动画片,儿子目不转睛地盯着屏幕,一言不发。可是太安静了,当爹的反而不放

---

① 老人把音读的"人间(Jinkan)"说成了训读的"人间(Ningen)"。

心,每过一分钟都得回过头查看客厅的情况。

真想要个开放式厨房啊。一抬头就能看到孩子的话,便可以安心做饭了。不知道改造厨房要花多少钱,最好顺便把灶台换成电磁炉,容易清理,还不用担心燃气泄漏。回头上网搜搜看吧,再跟厚子商量一下。

厚子是七点到家的,她到车站的时候给家里打了电话,所以裕辅能算准时间炸东西。好主意,早知道我也该这么办!裕辅恍然大悟。

"哟,有炸虾,真奢侈啊。"妻子像中年大叔一般喜笑颜开。

一家三口围桌而坐。裕辅咬了一口炸虾,心情略有些紧张。太好了,炸得很松脆。还好他特意测了油温,没有偷懒。

"真好吃。阿裕,真有你的。"厚子大加称赞,表情中写满了惊喜。裕辅能清楚地感觉到,妻子并不是在拍马屁。

加过料的塔塔酱也大受好评。"好吃,好吃!"光是听到妻儿的称赞,裕辅心里便暖洋洋的。他已经在构思明天的晚饭了。要不吃中餐吧。他想做一道鲜脆爽口的炒豆芽试试。

"升太,不能挑食,西兰花也要吃掉。"厚子对儿子说道。

"不吃!"升太皱起眉头,拒不服从。不过他好歹咬了两口,说明并不是一口也不肯吃。

饭后,厚子带升太洗澡去了,裕辅趁机收拾碗筷。

夫妻俩自然而然形成了这样的分工。厚子没有说"我来做",也不问"要不要我帮忙",裕辅却十分感激这份放任。他不希望妻子对"男人做家务"这件事表现得太客气，否则他会有种被同情的感觉，容易背上心理包袱。

夜里，厚子躺在床上，用十分不解的口吻问道：

"话说回来，你完全不打听我们公司的事啊。"

"是哦，我好像没问过。"

说完，裕辅打了个大大的哈欠。

"我是无所谓你问不问啦，只是有点纳闷。照理说，老婆一出去工作，老公不是会好奇她白天都干什么吗？"

"好奇是好奇，可是你一下班我就问，'今天在单位过得怎么样啊？'你也不好回答吧。"

"嗯，对对对。"

"真有什么事要跟我说，你肯定会主动开口的。"

"没错，就是这样！"

厚子望着天花板，使劲点了点头。

"阿裕……"随后，她又幽幽地说，"以前你一回家，我就问这问那的，肯定把你烦死了吧。亏你还有耐心陪我聊天。"

"我不觉得烦啊。"裕辅几乎要睡着了。

妻子吸了下鼻子，突然提出："老公，要不要……"

裕辅没有作答，翻了个身。

"来嘛，夫妻生活是很重要的。"她模仿着男人的口气说道，抱住裕辅。

妻子的举动把他生生弄醒了。安睡天使耸耸肩飞走了。无奈之下，裕辅决定满足她的要求。

起初他并不是很起劲，却在途中被点燃了激情。厚子比平时更主动，显得分外迷人，让他不由得兴奋起来。回过神来才发现，自己被压住了，仿佛是被按倒的。他竟产生了这样的念头：这样也挺好的。

3

第二天早上，裕辅提前半小时起床，做了高汤厚蛋烧。这道菜从没上过汤村家的餐桌，在翻看烹饪书时，他决定尝试一下。

裕辅昨晚就备好了高汤，是用海带和木鱼花熬的第一道汤。再加入少许糖、盐和酱油，倒入蛋液搅拌均匀。然后把厚蛋烧锅架在炉子上，开中火，抹一层油，用汤勺舀些蛋液浇进去。

只听见"唰——"的一声，蛋液的一面煎好了。趁着蛋皮还没熟透，迅速用筷子从外往里卷，然后再推到外侧锅沿，在空出来的锅底抹一层油，倒入第二勺蛋液。

成果相当喜人，一个初学者能做出这种半熟的状态已经很了不起了。裕辅不禁嘿嘿地笑出声来。

他还煎了"西兰花蛋卷"，专门给儿子带去幼儿园吃，一层层蛋皮里夹着用盐水煮熟的西兰花。儿子怕是会嫌爸爸没完没了吧。

高汤厚蛋烧得到了家人的一致好评。"哇——"厚子赞叹不已。升太想蘸番茄酱吃,但裕辅断然拒绝:"不行!"愣是让儿子蘸萝卜泥。

"好吃吧?"

"嗯,好吃。"儿子貌似认可了爸爸的建议。

"你的饭盒里也有哦。"

"哇!"升太天真无邪地欢呼。嘿嘿,你对今天的厚蛋烧还一无所知。

裕辅先送走妻子,再把孩子送去幼儿园。正准备打扫卫生时,电话响了,居然是从车站前的警亭打来的。一问才知道,厚子貌似跟警官起了冲突。

"您太太无视信号灯,硬钻道口的栏杆。执勤的警官批评了她两句,她反而跟人家吵起来了。"

肯定是碰上了"笨警察",厚子跟那个坏心眼的家伙发生争执了。

"我们也懒得带人回警署,能麻烦您跑一趟把她接走吗?"

对方的语气倒也不紧迫,大概是轻微的口角吧。厚子在某些方面的确很强势。

裕辅骑自行车赶往警亭,只见厚子坐在椅子上,盯着手表不住地抖腿。警官杵在她旁边，一脸不悦。屋里还有一位面相耿直的年轻巡警，好像在劝架。

"呼，太好了。阿裕，对不起啊，还让你跑一趟。这边都谈妥了，接下来的事就拜托你了。"

厚子拿着包，正要起身。

"喂，谁跟你谈妥了！少给我瞎胡闹！"

警官显得十分激动，连珠炮似的叫道。

"警察对市民大呼小叫的像什么样子！你当自己是谁啊！"厚子昂首挺胸，态度毅然，"手里稍微有点权力就跩上天了，成天找市民的麻烦，我就是看不惯你这种人！看来家里人平时都没把你放眼里，同事也懒得理你吧！"

"你、你……"警官的嘴巴一张一合，气得浑身发抖。

年轻巡警忙把裕辅拉到角落，小声说：

"事情简单得很，就是在道口闯了红灯。我们一般是提醒一下就放人，可您太太偏偏要跟我们主任对着干，还说'你啊，真当自己是个人物呢！'……"

"啊，真是不好意思……"裕辅回答。

"哎，怎么说呢，我也不是不理解她的心情……"巡警把嗓门压得更低了，"每次遇到这种情况，我们主任不光要提醒，还要抓着人家批评教育半天，就是不放人。弄得别人即使闯过道口，到头来也赶不上车。"

"哦……"

"所以他平时没少挨市民的白眼……今天您太太回嘴的时候，有上班族拍手叫好，一旁的高中生也跟着起哄。这下可好，我们主任更不肯退让了……"巡警皱起眉头，轻哼一声，"要不这样吧，您替您太太给我们主任道个歉行吗？这样就能收场了。"

"好。"

裕辅一口答应。道个歉就能圆满解决，还是很划算的。

他走向那位主任，鞠了一躬，说道："实在对不起，嘿嘿。"他故意笑得低声下气，"以后我们一定好好遵守道口信号灯的指示。"说完，还俯首认错。

"哎，你道什么歉啊！"厚子气得脸色都变了。

"好了好了，再不走要迟到了。"

"已经迟到了！我就看不惯这种手里有点权力的家伙……"

"算了算了，今天就到此为止吧……"

裕辅抓起她的手臂，把她拖起来带出警亭。见当事人的丈夫有意平息纷争，主任大概觉得捡回了一点面子，只见他张大鼻孔，说道："以后注意点。"

"麻烦您先出示一下身份证件。"

裕辅按巡警的要求，掏出钱包里的驾照。巡警把姓名和住址抄写到表单上。

"您是做什么工作的？"

"那个，我没有工作。"

"没工作？"身后的主任插嘴道，"失业啦？"

"嗯，差不多吧，我原来上班的公司倒闭了。"裕辅挠了挠头回答。

"哼，难怪老婆会那么暴躁。"主任绷着脸冷笑道。

裕辅噘起了嘴，不就是有人和他顶嘴吗，至于气成这样？

办完手续，裕辅把厚子送到车站。"该死！"妻子嘴上骂个不停，表情却有几分痛快。就在他跨上自行车准备回家的时候，方才的巡警小跑着追了过来。"汤村先生、汤村先生，对不起啊。"这回轮到警察给他道歉了。

"我们主任刚才太过分了，没考虑到失业市民的感受……"巡警显得十分过意不去，"我们毕竟是公务员，可能感觉不到大环境的变动，总觉得市民的辛劳跟自己没什么关系……"

裕辅默默地听着。

"刚才主任说的那些不知轻重的话，您可千万别放在心上！"

巡警的表情是那么愧疚，堪称道歉者的典范，倒像是个实诚的好人。

"公司倒闭了也没关系，别气馁。恕我冒昧，祝愿您早日找到新工作。"巡警摘下帽子，鞠躬行礼。

呃，他是专门来对我说这些的？裕辅有些困惑，可还是随着他弯下了腰。

他也不知道该作何感想。

回家后，裕辅开始打扫卫生。早前在超市买了"霉菌杀手"喷雾，准备把浴室里的霉斑一网打尽。

戴上橡胶手套和泳镜，打开换气扇和窗户，促进空气流通。因为这款药水功效强劲，只能趁孩子不在家的时候动手。

刚往霉斑上喷了几下，他便觉得头晕目眩，连忙冲到阳台避难，打算过几分钟再回去用水冲洗。广播里传来卡朋特乐队的代表歌曲，是他熟悉的旋律，便随着哼唱起来。

就在这时，手机响了。接起来一听，原来是老同事原田。公司倒闭那天，他们还一起打过麻将。"我在离你家最近的车站，出来见一面吧？"对方用无精打采的声音问道。

"车站？我才去过……"

"干吗，你很忙啊？"

"在擦浴室呢。"

"先放一放呗，我可是特地来找你的。"

都没提前打招呼，脸皮真够厚的……裕辅也不好意思赶老同事回去，只能答应下来。他以最快的速度把药水冲掉，出门赴约。

原田在车站跟前的咖啡厅等候，他穿着西装，打了领带。

"哟，这么快就找到新工作了？"裕辅问道。原田阴着脸，长叹一声，抱怨起来。

"怎么可能啊，是家里实在没我待的地方了。我家两个孩子都上小学，已经能理解大人失业是怎么回事了。一放学回来看到我在家里，他们就蔫了，还会看我的脸色，匆匆忙忙躲进自己的房间。看到他们那副样子，我哪里受得了。又怕街坊邻居指指点点，只能一大早穿着西装出门，装出自己很忙的样子。"

"你都去哪儿啊？"

"电影院啦，图书馆啦……想跟人说说话，就去找老同事。"

原田哼笑一声，颇有些自嘲的意味，用吸管一口气喝光了冰咖啡。

"那你老婆呢？"

"汤村，我跟你说，老婆待我是真的好。她拼命装出很开朗的样子，还鼓励我说，没事，总有办法的……"

"是嘛，那不是很好吗？"

"可她越是这样，我就越难受。我会想，堂堂一家之主，怎么就这么没用呢！"

原田挠着脖子诉说他心中的苦楚，一副备受煎熬的样子。他也打听了一下裕辅的近况，裕辅如实相告，毫无隐瞒。

"哦，你老婆出去上班了，所以你得负责家务跟孩子吧。这日子也是过得如坐针毡啊。"

听原田的口气，裕辅觉得自己貌似成了同情的对象。不，你误会了，我倒觉得这样的日子挺舒服……

"男人没有了工作，就等于没有了尊严。真没想到公司倒闭会把我们搞得这么惨。"

裕辅本想反驳，又觉得解释起来太麻烦，便由他去了。

"话说咱们的假发套社长还挺精明的,自己的财产保护得特别好。听总务科的人说,他在一个月前就把公司名下的别墅转到他老婆名下了。"

"哦……"

"我想好好查一查他。汤村,你也来帮忙吧?"

"啊?"

"有什么关系嘛,你不是很闲吗?"

"可我每天要送儿子去幼儿园,到点了也得接回来,还要给他准备便当……"

"好吧,我也是随便说说。倒了的公司也不可能复活。"

原田含了一口冰水,咔嚓咔嚓地咬碎冰块。

"啊,对了……"裕辅想起山科部长昨天打来的那通电话,"话说,奈斯商事好像有意挖部长过去。"

"哦?我不知道,没人跟我提过。"

"据说是准备开拓新的在线业务,需要招一批人……"

裕辅把自己知道的都说了,他觉得这也不是什么需要保密的事情。

"哦?原来还有这种事……"

原田探出身子说道。对他而言,这个消息一定是黑暗中的一缕光亮。如果他真有干劲,完全可以主动找部长推销自己。裕辅的确是一片好心。

后来,原田说了一大通前老板的坏话,并透露了一个惊天秘密：总务科的玲子是专务的情人。两人聊了一个多小时。最后，原田露出落寞的眼神，轻轻一笑。

"不好意思，大白天一个人待着，总觉得心里不踏实……汤村，我们都要努力啊！"

"呃，嗯……"

裕辅有些不知所措，但还是与老同事紧紧地握手。原田替他埋了单。

下午，裕辅带着升太去公园玩。西兰花厚蛋烧的"芯"被原封不动地剩下了。

昨天的老人还是坐在游乐区的长椅上，一跟裕辅目光相遇，他便笑着招了招手。无奈之下，裕辅只能让孩子去玩，自己走过去应付。

"我就猜你今天还会来，专门准备了这个……"

老人从纸袋里掏出一本书递给裕辅，书名是《战胜逆境的五十句名言》。逆境啊……为了稳住表情，裕辅费了九牛二虎之力。

"我看过好几遍了，送给你吧。想当年我上班的时候，每次觉得快熬不下去了，就会读这本书给自己打气。"

"哦，这样啊……"

"比如这一句，"一旁的老人伸手翻开书页，"是白手起家缔造了末吉集团的大内会长说的，'越是痛苦的时刻，就越要播种'。他的意思是,人在遭遇逆境的时候,往往会追逐眼前的利益,可越是艰难,就越要把眼光放得长远。"

"哦……"

"多么深刻的教训。你也需要有这样的精神。失业的确是很大的挫折,但越是这样的时候,你就越应该放眼未来,努力奋斗。考个证,充个电什么的,别急于求成,硬把自己塞进一家没意思的公司就不好了。"

"……嗯,是哦。"

"送给你了,拿去好好看吧。"

"谢谢。"

唔……从明天开始,"来这座公园"怕是会很煎熬。

裕辅飞也似的逃离老人,一边斜眼看玩得正起劲的升太,一边走到紫藤架下面。他朝坐在那儿的母亲们点了点头,正准备在长椅的一角坐下时,小爱的妈妈开口问道:"汤村太太去上班了吗?"

"嗯,是的,回老东家上班了。"

"好羡慕呀,我也想做回白领……""好想穿着西装出门啊!""真想下班后喝个痛快!"母亲们你一言我一语。

裕辅模棱两可地笑了笑,默默听她们说话。要不要打个招呼,说"我会当一阵子家庭主夫,请各位多多关照"?正犹豫不决的时候,小爱冲过来喊道:

"妈妈,妈妈,爸爸的公司什么时候倒闭呀?"

在场的人都愣住了，小爱妈妈的脸色变得有些僵硬。"别胡说！"她吊起眼梢，厉声责备。

"我也想跟爸爸一起玩嘛。"

"休息日陪你玩还不够啊？！"

她的语气特别凶，吓得小爱发出警铃般响亮的哭声。

裕辅深感此地不可久留，匆忙撤退，却也没有别处可去。见攀爬架空着，他便爬了上去，坐在顶上俯视整座公园。三十来岁的大男人就他一个，天上的乌鸦叫得好不悠闲。

4

裕辅的厨艺大有长进，连蒲烧沙丁鱼这样的菜式都能两三下搞定。金平牛蒡也难不倒他，装进饭盒里一试，升太吃得干干净净。天哪，原来儿子更偏爱日式风味？他甚至认真考虑过用酱油炖个红烧西兰花的可行性。

厚子貌似很享受上班族的生活。她问裕辅周末能不能陪客户去打高尔夫，裕辅回答："当然可以了。"她连球杆都没摸过，胆子可真不小。提起那天的"小插曲"，她窃笑道："我要让那个警官再也不敢出现在道口！"

总的来说，妻子是个比较外向的人。当然，这一点裕辅在结婚前就已经知道了。想到这儿，他忽然心生疑问。哄升太睡

下后,他试探着问道:

"怀上升太的时候,你不是辞职了吗?你当时是不是想继续干下去?"

"是啊,能接着干最好了。"厚子毫不犹豫地回答。

"那你为什么不说呢?"

"为了给你家面子啊。你妈当时直接问我,'厚子啊,你会辞职吧?'那语气别提有多自然了,由不得我不答应,只能回答'会的'。"

"天哪,还有这种事……"

老妈,瞧你干的好事!裕辅在心里一通埋怨。

"但我这几年每天都跟升太在一起,还是挺开心的。现在回想起来,当时的决定还是很明智的。"

厚子带着清澈的眼神如此说道,令裕辅十分感动。

"那我也趁这个机会问问你,这几年天天上班,你不觉得痛苦吗?"

"不觉得。"

"可我感觉你现在好像更开心。"

"话是这么说,但失业以后才有对比。我最近才发现,自己好像更适合待在家里,大概就是这种感觉吧。"

"我每天早上去车站,路过面包店时,都会看见一个阿姨在店门口打扫卫生。我和她打招呼的时候,两个人都是笑嘻嘻的,可她总是用同情的眼光看我,那表情好像在说:'你可真不容易！''别灰心啊！'……"

厚子眉毛拧成八字，叹着气说道。

"人家已经很含蓄了，我碰到的可是《战胜逆境的五十句名言》啊。"

裕辅把公园里发生的种种分享给妻子，还拿出了那本书。"啊哈哈……"厚子捧腹大笑。

"唉，原来我们夫妻俩受尽了世人的误会。"

"男主外女主内的观念真是根深蒂固。"

就在这时，电话响了。是谁打来的呢？接起来一听，竟是裕辅的母亲，真是说曹操，曹操到。"儿子啊，我听你姐姐说了……"母亲开门见山地说道。裕辅把公司倒闭的事告诉了姐姐，消息就是这么传过去的吧。

"真要命，你还好吧？别太勉强自己啊。"

母亲的语气如此温柔，仿佛在轻轻抚摸婴儿娇嫩的肌肤。她咒骂低迷的经济环境，批判政治家，安慰儿子不要因此气馁，然后来了一句"我让你爸来听电话"，就把电话交到了裕辅的父亲手里。

裕辅几乎没跟父亲在电话上聊过天。虽然每个月都会打电话回家问候，可跟他讲电话的永远是母亲。倒不是关系不好，父子之间往往如此。

"喀喀……"电话那头传来清嗓子的声音，"哦，是裕辅啊。"语气虽然平静，却像故意伪装出来的。

"真是飞来横祸啊。"

"嗯,是啊。"

"有没有多跑跑职业介绍所?"

"没有,只是办了失业保险的手续。"

"哦……没去啊。也是,不用太着急。过了四十岁,再就业就很难了,你才三十六,总能找到工作的。"

"嗯,是吧。"

"手里有存款吗?"

"多少还是有一点的。"

"有困难尽管说,别客气。我们有养老金,日子还算宽裕。只要不是大钱,随时都能支援你们。"

"嗯,谢谢。"

父子俩沉默片刻。双方都不太习惯这样的对话,总归有些紧张。

"人生那么长,难免会有些不如意。"父亲用一本正经的口吻说道,"有晴空万里的日子,也有狂风暴雨的黑夜。但雨不可能一直下,你的天空也会有放晴的一天。"

"嗯,是呀。"

裕辅嘴上回答着,却慌了神。父亲绞尽脑汁,提前构思了这段鼓励儿子的话,又通过电话一字一句地说给他听。父母根本不懂子女的心事,但有这样的后盾总归令人暖心。

"现代社会是不会让人挨饿的,你也别太悲观了。乐观点,换个地方干也行。正所谓人间到处……"

唔，又来了——裕辅顿时紧张起来。

"有青山。"

听到这儿，他松了口气。父亲没有把"人间"念成"Ningen"，"青山"也念对了，不愧是退休教师。

"人间"是世间，"青山"指墓地。所以"人间到处有青山"的意思是"人世间有的是能埋骨的地方"。

父亲提出要跟厚子聊两句，裕辅便把听筒递给了妻子。

"没有没有，您别这样。"厚子显得十分惶恐，"我也觉得是时候出去工作了。"她蜷着背拼命解释。一挂掉电话，她便耸耸肩说道："爸爸跟我道歉，说'汤村家对不起你，让你受苦了，我一定会让儿子尽到一家之主的责任'……"

"啊，是嘛。"裕辅终于没忍住笑出了声。

"阿裕，你是一家之主，要负起责任哦。"厚子也扬起嘴角笑了。

"好说好说。要不我把你的午饭也包了？"

"啊，可以。公司附近的餐馆一到饭点就排好长的队，没一家空的，想舒舒服服吃顿饭都不行。"

"那就来点金平牛蒡，还有炸鸡跟高汤厚蛋烧，西兰花也有……"裕辅掰着手指说道，"啊，想起来了，高汤已经用光了，要不趁现在熬一点吧……"

"我能先去睡吗？好累啊。"

"当然啦。"

"啊，感觉自己讨了个特别能干的'老婆'，真想跟大家显摆显摆呀。"

厚子打着哈欠往卧室走去，像印第安人那样用手拍嘴，发出一串"啊哇啊哇"的响声。

裕辅转战厨房，往长柄锅里倒一些水，把洗好的海带铺在锅底。

就在这时，电话又响了起来。这回是谁呢？拿起来一听，竟是山科部长。草草寒暄过后，部长便用激动的口吻滔滔不绝起来。

"不好意思，这么晚还给你打电话，因为情况比较紧急。原田那家伙，不知从哪儿听说了奈斯商事在挖我的事，主动跑过去推销自己了。"

哎哟，是嘛？裕辅皱起眉头。把消息透露给原田的时候，他的潜台词其实是"要不你联系一下部长看看"。

"而且他要把第二营业部的人全带上。说白了就是，他打算跟我们来一场竞标！"

"呃……我们？"裕辅瞠目结舌。

"十万火急，必须商讨一下对策。明天上午十点，新桥第一酒店的咖啡厅见。我准备带五个人去，也包括你，但我没打算带原田。你平时不是很少发火嘛，我就喜欢你这一点。"

"呃，那个……"

"对方开出的条件也不错,基本工资保证有原来的八成,其余的就看我们的本事了。只要做出业绩,在内部独立也是有可能的,到时候我们就是经营团队的元老了。多难得的机会啊,过了这村可就没这店了,你说是不是?"

"嗯,话是这么说……"

"那就这么说定了,明天见。我还打算带着你们直接杀去奈斯商事呢。所以明天穿西装来,把自己收拾得精神点哦。"

不等裕辅反应过来,部长就挂了电话。他盯着手中的听筒,喃喃自语:

"唉,算了,明天起床以后再决定吧。"

锅里的水烧热了。他把炉子调成中火,在煮开之前拿出海带,再加入木鱼花,用小火继续煮三分钟。关火后,他把脸凑上去,沐浴着锅里冒出的蒸汽。嗯,香味很纯正。

静置片刻后,他把厨房纸铺在早已准备好的滤网上,再将滤网架在盆上,过滤高汤。放凉后倒进瓶中塞进冰箱,就大功告成了。

他决定顺便处理一下食材,为明天的小菜做准备。西兰花不耐放,最好是买回家的当天就用盐水煮熟。

翻冰箱的时候,他找到了一板巧克力。那是为了做咖喱买的,故意藏在冰箱的深处,免得被升太吃掉。

突然,裕辅灵光一闪。先用盐水把西兰花煮熟,然后裹上一层溶化的巧克力,儿子会不会吃呢?

升太打开饭盒，以为里头装着巧克力，两眼放光。一口咬上去，巧克力下面居然是西兰花……

　　嘿嘿嘿。光是想象这一幕光景，裕辅便忍俊不禁。

　　岂有不试之理，这是一场父子之间的西兰花大战。

　　他又烧了一锅热水，放了个小碗进去，再把掰碎的巧克力丢进小碗。一眨眼的工夫，巧克力就变软融化了。

　　香甜的可可味扑鼻而来。裕辅心想，这座青山也不错。

来我家吧

1

妻子仁美走后，家里顿时像排干了水的游泳池一样空旷，因为她带着自己的家什搬去了新家。

她的"新家"是港区的一套公寓，本是岳父名下的投资房。据说地段很好，公寓高层看得见东京铁塔。"反正要分居，你就住那儿吧。"刚巧租客搬走了，岳父岳母便把这套房子给女儿住。还记得那是七十多平米的一室一厅，不用付房租，工资可以自由支配，仁美一定会把全部的激情倾注在家居装潢上，尽情发挥想象，最后弄出一间像家具店样板房一般有着统一色调与材质的房间。她在大型家电企业当工业设计师，专门设计时尚精巧的吸尘器、微波炉之类。

三十八岁的田边正春却是个平凡无奇的销售员，负责向百货店批发童装，工作乏善可陈。他毕业时刚好撞上泡沫经济崩溃之后的求职寒潮，好容易才挤进现在这家服饰公司。

刚结婚的时候,夫妻俩还热烈地讨论过:"以后有了孩子,就不愁买不到便宜的童装了。"但仁美有日后创业的想法,正春便顺着她的意思,一直没有要孩子。没想到拖着拖着,竟迎来了分居的一天。之所以没立刻得出"离婚"的结论,是因为亲朋好友纷纷劝说:"你们都在一起八年了,还是稍微冷静一下再做决定吧。"再加上他们的婚姻并没有出现出轨、家暴、破产之类的原则性问题,两人便同意按大家说的办。

即便如此,正春还是没法痛痛快快地送妻子走,所以让仁美趁他出差的三天两夜把行李搬走。仁美倒也不含糊。正春回家一看,发现她把自己挑的东西全带走了,大到地毯,小到马克杯,一样不剩。房间里空荡荡的,回声变得格外明显。连电视和带传真功能的电话都不见了,他明明也出了一部分钱啊……好在仁美把冰箱、洗衣机和床留下了,就当是不赔不赚吧。不过,也许是因为对设计格外讲究的仁美没看上它们。

一时间,这套租来的房子显得格外冷清。两室一厅、六十五平米的房子,位于世田谷的经堂。客厅里空无一物,卧室只剩下一张硕大的双人床,六叠大的日式房间也成了杂物间。

总而言之,阔别已久的独居生活拉开了帷幕。可以肆无忌惮地放屁,回声分外响亮。上厕所不用关门,家里也没有窗帘了,每天一大早就被阳光晒醒。

分居后的第一个星期六,正春决定出门采购一些生活用品。工作日有加不完的班，回家只能睡个觉。可是往洒满冬日暖阳的客厅木地板上一坐，他便觉得窗帘和沙发还是得有。

　　他没打算买特别考究的东西，便开车去了一家大型超市。顾客大部分是拖家带口来的，孩子们在卖场跑来跑去。仁美不喜欢"平民味"的东西，所以很少来这种大卖场。

　　正春来到卖家具和床品的楼层，开始物色窗帘。仁美在的时候，家里用的是浅绿色窗帘。那是他们一起买的，所以他知道要把窗框的尺寸报给店员下单裁剪。最近的公寓用的都不是日式房间的固定尺寸。

　　选哪个颜色呢？正春犹豫片刻，挑了最保险的米色。因为他觉得墙壁是白色，地板是茶色，那么窗帘还是选个中间的颜色比较好。他家位于公寓楼的东南角，窗户的数量本来就多，而且他还选了遮光性好的布料，最后居然花了整整二十万日元。

　　然后是地毯。以前铺的是白底绿点的地垫，样子是挺好看的，可仁美怕脏，不让他躺上去，搞得他颇有怨言。

　　他纠结了好久，选了一块以深胭脂色为底色，配着阿拉伯花纹的地毯。客厅大概是十张榻榻米那么大，但没必要铺满，所以买了两米见方的，价格是三万日元。还挺划算，正春心满意足。窗帘和地毯都是下周六送货。

　　光是买这两样东西，就花了足足两个小时。正春有点累了。毕竟站了这么久，而且平时不太买这类东西，可能下意识地有些紧张。他决定去吃顿迟来的午饭，顺便休息一下。卖场最顶层就有美食街。

　　上楼一看，店里座无虚席，全是带着小孩的顾客。孩子们更是吵翻了天。正春叹了口气，心想，这家店是没法进了。一把年纪的大男人，双休日一个人下馆子，成何体统！对哦，以后的日子都得一个人过了，得考虑一下自己做饭的问题——电饭煲和锅碗瓢盆都被仁美带走了，现在家里只剩一个水壶。

　　正春决定再忍忍，去下面那层楼的厨房用品卖场看一看。他也不知道该买点什么，只能先买个小号平底锅和单手锅应急，还买了一眼看上的红茶壶和茶杯套装。他双手提着战利品，杀回家具卖场。其实沙发才是今天的主要目标，一样要买，最好买个可以躺倒的三人沙发。家里原本用的是意大利产的高档沙发和茶几，黑色皮沙发的外观十分时髦，但靠背太低，正春并不喜欢。扶手还是不锈钢管的，没法把头靠上去。

　　卖场摆出了几套比较实惠的沙发茶几，可惜没有一件能勾起正春的购买欲。大卖场终究是大卖场，商品也是根据客户群体量身定制的。

　　正春心想，反正也不着急买，不妨去别处看看。七号环线边上就有一家大型家具连锁店。

　　他在半路看到的拉面馆解决了午饭，然后才去家具店。把车停好，走进店里一看，商品琳琅满目，叫人大开眼界。整个楼层跟体育馆一样宽敞明亮，各类家具摆放得错落有致。正春慢悠悠逛了一圈，碰到顺眼的，就坐上去感受一下坐垫的弹性和手感。卖场里还放着各大厂商的宣传册，他看到了也会拿起来翻一翻。

对，可以先拿点宣传册回去，看好了再来买。说干就干，不一会儿工夫，搜集来的小册子就有一本杂志那么厚了。

正春在整层楼转了一圈，也没找到合适的沙发。好的当然有，但价格实在太贵，只有五万日元的预算，怎么办呢……

决定了，今天先不买。反正搜集到了那么多宣传册，总归要买，还是选个自己看中的吧。家具这东西，一旦买了，就没法随便更换。这不是还有明天吗？

不过难得来一趟家具店，他还是买了个照明灯回去。那是带灯罩的经典落地灯。仁美偏爱间接照明，但选的都是线条硬朗的款式，看着冷冰冰的。在房间的关键位置点缀落地灯，效仿伍迪·艾伦的电影，打造一个暖色系的客厅也不错。能让人彻底放松的屋子才是最理想的。

在回家的路上，正春去书店买了几本家居杂志。仁美看过，他自己倒是头一回买。

晚饭是在家附近的"热腾腾亭"①外带的猪排便当。他坐在客厅里，一边翻杂志一边吃。家里没有电视，便打开迷你音响放了会儿爵士乐。杂志很有参考价值。他通过上面的文章得知，房间不是很大的话，沙发要选整体偏矮、偏窄的款式。

---

① 日本一家外卖便当连锁店。

还好没急急忙忙乱买一个回家。正春长舒一口气，买家具果然得细细斟酌。

　　明天再跑远一点吧，预算也可以重新规划。反正有几百万的存款，原本打算留着买公寓，一时半刻也没有别处可花。

　　刚买的落地灯，为单调的房间增添了几分温暖的光亮。

　　星期天，正春驱车前往新宿，从丸井百货的"In The Room"①逛起。

　　店里的顾客不是年轻夫妻就是正在约会的情侣，一个大男人来逛还真有些尴尬。但他不能打退堂鼓，一旦发现看着顺眼的，便拿出尺子左量右量，算一下搬进客厅后，墙边还能留下多少空间。店员大概觉得他是真心想买，动不动就上来搭话。听正春讲完要求，店员便热情地介绍起了合适的商品。

　　即便如此，正春还是没找到足以"一锤定音"的沙发，心动的瞬间始终没有降临。但他有意外的收获——一眼相中了一张单脚小圆桌，号称"咖啡桌"。摆在一起展示的钢管椅也不错，坐垫是鲜艳的红色，尺寸也很合适，应该能摆进厨房。有了它们，就不用坐在地上吃饭了。

　　正春当场拍板，买下了小圆桌和两把椅子。总价六万日元，但他一点都不心疼。

---

① 隶属于丸井集团的家具商店。

这就是所谓的"邂逅"吧——正春自言自语。要是能和理想中的沙发来一场这样的邂逅就好了。

他让店家在下周六送货，然后又去伊势丹百货和三越百货转了一圈。因为工作的关系，他经常去这两家百货店的童装卖场，但家具区还是头一回光临。

不愧是一流百货店，摆出来的全是名牌。仁美要是来了，肯定会两眼放光，可正春一看到价格就吓坏了。仁美爱买进口货，美其名曰："能用一辈子呢。"但正春总是对她的购物原则持怀疑态度。谁能保证自己不会看走眼？曾发誓永远相爱的人，不是也走到了离婚的边缘吗？人总是会腻的。

正春还去了趟无印良品。这个品牌追求的"本色主义"不太合他的口味，但家电产品走简约路线，他还挺喜欢。仁美总把这家的产品视作竞争对手。他拿了宣传册，准备过几天再来采购家里用得上的电器。

接着，他跨进了东急手创馆。店里人头攒动，但杂货铺一般的氛围着实让人心情舒畅。这地方仿佛就是他的地盘。二十多岁的单身时代不禁浮现在眼前，找到工作以后，他便从神奈川的父母家搬了出来，在东急手创馆买了定制橱柜。当年还用不锈钢的架子和杆子拼成墙面收纳架，专门放唱片和音响器材……

对了，改天回老家一趟，把沉睡在杂物间的三百多张唱片找出来。还不是因为仁美说"家里没地方放"，他才不情愿地把它们送回了老家。有了唱片，就得买唱片机。CD普及以后，他不知何时处理掉了唱片机。

有好多东西要买啊……一想到这儿，正春竟有些莫名的欣喜。年底的奖金都在呢，一分没动。

在这几家店，正春也没有邂逅心仪的沙发。但心情并不沮丧，因为他找到了特别适合收纳唱片的架子。那是个棕红色的木架，价格实惠，看起来却很有档次。而且相对较矮，不会挡住窗子。他顺便订购了两个同款书架，也是窄窄的，不会产生压迫感。

仁美一直不准他在客厅放书架，据说原因在于正春钟情的悬疑小说的书脊都太没品位了，会破坏房间的整体氛围。仁美喜欢把整面墙搞成展示架，放上花瓶、摆设和外国书。在她眼里，书也是家居设计的一种元素。

正春光顾着逛商店，错过了饭点。于是下午两点多去麦当劳买了套餐，回到车上吃。

还是自己做饭比较好——正春边吃薯条边想。婚前他从来不开火，可事到如今，已经没有独自去家附近的小饭馆吃饭的勇气了。去相熟的荞麦面馆也不是不行，但妻子没有一起出现，店家一定会在心里嘀咕。他们本就不常以"夫妇"的身份跟街坊打交道，今后怕是更与邻里交流无缘了。

好嘞，那就把电饭煲和微波炉买了吧——正春决定杀回无印良品。今天估计买不到沙发了，空手而归多难受，最好还是能有点可以拿回家的成果。

最终，他在店里逗留了一个多小时，带回去了一堆餐具和厨具。

后备厢里装满了战利品，疲劳感排山倒海般涌来。

但疲劳感使他心情舒畅，没想到购物还挺开心的。

2

一周过去了，又是一个星期六。订购的家具接连送达，正春一大早便忙活起来。先挂窗帘，再铺客厅的地毯。光是多了这几件布制品，房间里就没有回声了，萧瑟感一扫而空。然后把唱片架和书架固定在两堵面对面的墙壁上，再把昨天下班路上买的三个小盆栽往唱片架上一放，仙人掌就像森林里的小矮人似的，正春顿时觉得自己交了几个新朋友。

接着，他又马不停蹄地往书架上摆书。原本塞在壁橱里的悬疑小说单行本和十年间的《唱片收藏家》杂志就位后，书架顿时变得五彩斑斓，整个房间也多了几分生气。真想赶紧把唱片放上去啊。

圆桌和椅子被安置在厨房，尺寸不大不小刚刚好，正春激动得手舞足蹈。改天买个吊灯装在圆桌正上方，再买块桌布，晚饭就在这儿吃吧。

当天下午，正春驱车赶回川崎的父母家。不为别的，就为了拿唱片。母亲带着阴沉的表情迎接他的到来，开口便问："你们还没和好？"

"天晓得，大概没戏了吧。"正春如此回答，仿佛局外人一般。母亲百般劝说，他都模棱两可地敷衍过去，只顾着从杂物间搬出装满唱片的纸板箱，顺便搬走了闲置的小型电视机、吸尘器和款式复古的书桌。他琢磨着，要不要待会儿直接去买唱片机，接上迷你音响，今晚就能听令人怀念的唱片了。

"小正，不多坐会儿吗？吃了晚饭再走吧？"母亲问道。

"才两点，还有好多事要忙呢。"

正春飞也似的逃走了。他好歹也是长子，想想就心痛。

他来到川崎车站前的友都八喜电器店挑选唱片机。款式比他想象得要多，犹豫了好久也没定下来。买便宜的机型不是不行，但反正要买，不如干脆买一整套高档音响设备，重拾鉴赏音乐的爱好。

上初中的时候，正春便迷上了摇滚乐。年轻时代，他把一大半零花钱贡献给了唱片和CD，收藏的CD足足有五百多张。因为家里空间有限，还得看仁美的脸色，这几年只能靠迷你音响过过耳瘾，但尽情享受音乐一直是他内心深处的愿望。

他跟店员攀谈起来，说自己有三百多张唱片。对方表示："那建议您选一款比较好的机器。"店员推荐了一款国产的，价格高达七万日元。

"不能一步到位的话，慢慢升级也是可以的。先买主机，再买音箱，然后是扩音器，最后再买 CD 机。"

听到这话，正春便心动了。他越想越觉得，自己都是成年人了，也有收入，完全有资格买一套像样的音响设备。"买个便宜货凑合一阵子"的方案可以彻底放弃了。

店员提议："先不管别的，您试听一下再作打算吧？"正春同意了。卖场中顿时响起了爵士钢琴曲。

绝妙的音响效果令正春感动不已，乐手仿佛就在面前演奏一般。啊哈，我要的就是这种效果！用这样的音效欣赏自己喜爱的音乐，正是他多年的夙愿。他的情绪越发激动。

试听的这套设备总价五十多万日元。五十万啊……正春不禁叹气。但他也不是买不起，毕竟手里还有为买房攒的钱。

"我稍微考虑一下。"说完，他在店里逛了一圈，瞧了瞧超薄液晶电视和环绕立体声系统。最新款家电的卓越性能让他大开眼界，原来不知不觉中，世界已经大变样了。那些新式设备沐浴在灯光下，熠熠生辉。

长久以来，正春过着两点一线的生活。上班，回家，再上班，周而复始。埋头攒钱，盼着有朝一日能买套公寓。偶尔奢侈一把，也不过是夫妻俩一起出去吃顿饭，或是出国转一圈，全是留不下来的东西。节制成了日常生活的主旋律。仁美身边环绕着她心爱的家居用品，也许还挺享受，但正春并非如此，他想过的是被心仪的书本、CD 和唱片环绕的日子。

正春在这层楼的角落发现了一个专门展示音响设备架的区域，对其中一款架子一见钟情。每一层都是看上去很牢固的木板，支柱是黑色的。把音响设备放上去，摆在屋里，会是什么感觉？他不禁在脑海中勾勒了一番。

他扫了眼价签，居然要八万日元。好货果然不便宜。

正春做了个深呼吸。要不，全套搬回家算了？

他不打高尔夫，自行车赛、赌马之类也是从来不碰。顶多偶尔陪人喝点小酒，打个麻将，省下来的钱岂止一两百万。

这么一想，他便快步走回音响卖场，叫住刚才那个店员，表示他看中了一款架子，问全套打包带走能便宜多少。

店员报了个价格，比价签上标的数字便宜了三万日元左右。不愧是大型量贩店。

"好，我都要了。"正春铿锵有力地说道。唉，真买了啊。心中的另一个自己却说起了风凉话。

只有唱片机有现货，能直接带走。其他东西最早可以在下周二上午送到。正春打定了主意，要找个借口请半天假，待在家里等货上门。他可没有耐心等到下一个周末。

想听唱片的念头猛地涌上心头。正春决定径直回家，把警察乐队的《同时代》放上转盘。上一次听，已经是好几年前的事了。

半路上，正春去超市转了一圈，买了好几种食材，外加现成的猪排，他想做个猪排盖饭试试。这个星期，他照着说明书学会了煮饭，顿时对独居生活产生了信心，再也不用为去哪儿吃饭发愁了。

那晚，从唱片机里持续不断地流淌出音乐。多么令人怀念的感觉，正春感动得几乎要落下泪来，还对着歌词卡哼了几首旅程乐团的曲子。好一个激动人心的周六夜晚。

星期天，他去涩谷和代官山的家具店逛了逛。虽然没有一见倾心的邂逅，但"找沙发"这件事已经成了一大享受，丝毫不觉得辛苦。

他找到了一款可以放在厨房小桌上的台灯，掏钱买了下来。它有着弧形的导管，长得像深海鱼头上的小灯似的。

日式房间也得好好改造一下。于是，他顺便买了一盏形似纸灯笼的床头灯，直接放在地上。还选了一款玻璃矮桌。店里还有一款只有一米多高的矮书架，他一并下了单。如此一来，所有的书都有地方放了。

周末这两天，他就花了整整七十万日元，却没有丝毫的负罪感。因为他早就想好了，等东西都买齐，就把开了三年的车卖掉。好歹是辆大众高尔夫，至少能卖八十万吧。每月三万的停车费也省了。

反正他也没地方去，待在家里多开心。

那天下班后，同事酒井问他要不要去喝一杯。

"嗯？算了吧，家里有本看到一半的书呢。"

正春耸耸肩，拒绝了人家。眼下他并不想出去玩。

"偶尔放松一下，有什么关系？你这阵子不是每天一下班就往回赶吗？回去也是一个人待着。你之前不是说家具都被老婆拿走了，家里啥也没有嘛？"

酒井颇有怨言。酒和麻将都是他的心头好。

"我最近在一点点添置家具。沙发还没买到，但桌椅和架子什么的都买好了。"

"哟嗬，咱们田边的单身生活越来越有模有样了？可别告诉我，你在家自己做饭。"

"呃，我是自己做饭啊……"

"真的假的？！"酒井瞠目结舌，"就你？还会做饭？"

"不行啊？"

"呃，不是不行……怎么说呢，感觉有点凄凉……"

"三十八岁的大男人，独自跑出去吃饭才凄凉吧。做个味噌汤，烤个鱼什么的，感觉还挺充实的。"

正春敷衍了几句，收拾东西准备走人。见酒井还是一脸不悦，他才决定如实相告。

"实话告诉你吧，我还新买了一套音响设备，顺便买了唱片机。我都十年没听唱片啦。一口气从老家拿了三百多张老唱片回来，每天晚上一门心思重温金曲呢。"

"嗬，羡慕死我啦，这就是一个人住的特权吧。"酒井挠着脖子说道。

"不错吧？而且我家那房子，别的不怎么样，就是隔音特别好，稍微放得响一点也不怕吵到邻居。以前完全没听出来的铜钹声都听得清清楚楚，简直美死了！"

"我能去你家感受一下吗？"酒井问道。

"来我家？"正春语塞，"也不是不行……"

"半路上买点啤酒、烤鸡串之类的，去你家喝两杯呗。"

"怎么跟放学后聚会的学生似的……"

正春苦笑着穿上外套。他与酒井是同一年入职，本就走得近，回家的方向也一样，没什么理由拒绝。于是两人一起离开了公司。二月的寒风在楼宇间穿过。

两人在小田急线的经堂站下车，又去车站前的超市采购吃食——烤鸡串和刺身的拼盘。"比在店里吃便宜，我豁出去了！"说着，酒井又买了一盒高档金枪鱼刺身。

从车站到公寓有五分钟的路程。"哦——"进屋开灯后，酒井立刻发出一声赞叹。

"搞什么，你这小日子过得可以啊。我还以为你老婆走后，你就自暴自弃了呢。"

"少啰唆！"

"哟……用落地灯是个好主意，你的品位不错！"酒井边用手指戳灯罩边说。

"沙发还没找到合适的，先坐地上凑合凑合吧。"正春递给他一个坐垫。

"可以,很不错了!"

"我逛了好多地方,就是找不到特别中意的。"

"我都说了,这样已经很好啦!"

酒井立刻走到音响前,跪下来一通打量。"嘀,原来如此……"然后他保持着同样的姿势挪向唱片架,浏览正春的藏品。

"哇,这是传声头像①吧,还有唐纳德·费根②!啧啧——Loverboy③的《Get Lucky》,这不是在我初一那年昙花一现的乐队嘛!"

"哟,你也听说过?"

"那当然,我当年也是抱着收音机过日子的!快快快,放来听听。"

正春拗不过酒井的央求,便打开音响设备的电源,放唱片给他听。"哦哦——好怀念啊——"酒井简直笑开了花。正春趁着他享受音乐的工夫热了日本酒,又把熟食装进盘子,摆在新买的玻璃矮桌上。

"不错,不错。以后聚餐就认准你家了。把木田跟加藤也叫上,他们俩也住在这条线路沿线。"

"呵呵,行啊。"

---

① Talking Heads,美国新浪潮乐团。
② Donald Fagen,美国音乐人,斯迪利·丹乐队的灵魂人物之一。
③ 加拿大摇滚乐队。

两人听着唱片，聊起天来。没想到酒井也是个音乐迷，以前与他聊过摇滚，却没有聊到过这样的"发烧友"的领域。

"你的唱片呢？"正春问道。

"当然是跟杂物一起塞在院子里的棚屋里啊，家里哪有地方放。"

酒井在郊外的新兴住宅区买了独门独院的房子。他有两个孩子，一个念小学，一个还在上幼儿园。要供房贷，又要养孩子，一刻都松懈不得。

"你就挺好，有自己的房子，想怎么折腾就怎么折腾。"酒井两脚一摊，如此感叹。

"瞧你说的，明明是空虚寂寞的独居生活。"

"哎，回头我把家里的唱片拿来，用你的设备放来听听成吗？有舞韵合唱团① 啦，新秩序② 啦……"

"哟，你好这口啊？"

"我喜欢的种类可多了。官样文章乐队③ 我也挺喜欢的。"

"啊，这个我有。"

"真的假的？"酒井激动得脸色都变了，"在哪儿？在哪儿呢？"

正春从架子上拿出那张唱片，放在转盘上。

---

① Eurythmics，英国双人摇滚乐队。
② New Order，英国摇滚乐队。
③ Scritti Politti，英国老牌朋克乐队。

"哇——原来这支乐队的音色这么好听啊。"酒井感慨万千。

"我说的没错吧?想当年听唱片的时候,我们用的都是最简陋的家用组合音响,也就是说,我们时隔二十多年才听到原汁原味的唱片。所以,我最近一天到晚都在听。"

"真好……"酒井像小孩子似的,眼里写满了羡慕。

他们把清酒换成烧酒,掺热水喝了一杯又一杯。正春还是头一回围绕公事以外的话题和同事聊得这么起劲。酒井还翻了翻他的音乐杂志,嚷嚷着:"这本我也有!我也有!"两人畅谈往事,好不快活。

那晚,酒井待到快十二点才走,勉强赶上最后一班电车。

两天后,他果真把自己的唱片带到公司了。

3

沙发还是没着落。正春连拍卖网站都逛了,还是觉得看看实物细细斟酌为好,一得空便往市内的家具店跑。

与此同时,家里的CD也越来越多。他本就热爱音乐,有了设备更是一发不可收拾,接连买下好多八十年代的摇滚乐队的复刻唱片。CD机也换成了高档货,每一张听起来都是那么新鲜。重新灌录的就更不用说了,每个音都听得清清楚楚。

"可恶,我也想搞个私家音乐厅。"

酒井每周要来足足三趟，年纪相仿的木田与加藤也加入了，交口称赞正春的家居品位，忘我地陶醉于音乐之中。

"回头我把家里闲置的被炉贡献出来，放在和式房间打麻将正好。"

酒井如此提议，有家有室的木田和加藤举双手赞成。正春当然也没异议。他们就像一群还没毕业的学生，把同学的宿舍变成了活动基地。

而且重新迷上摇滚之后，正春便动了搞家庭影院的心思。这几年，市面上出现了各种各样的音乐 DVD，而从老家搬来的十四英寸显像管电视机看什么都显得寒酸。看到 Tower Records 唱片店的大屏幕在播"Live Aid"[①]的 DVD，他大为震撼，谁知买回家一放，简直跟普通的新闻节目的画面一样，实在让人沮丧。大幕布加投影仪可能有点夸张，但超薄大屏电视和立体声音响还是有必要的。

他搜集了一堆宣传册，又参考了各种专业杂志，发现液晶电视比等离子电视更适合他这种音乐电影爱好者。因为房间不大，选三十七英寸的比较妥当。至于立体声音响，最好挑只有前置喇叭的简约款。他还去家电量贩店打听了一下价格，谁知把各种折扣加起来，总价也要六十万日元。这不是个小数目，他没法当即拍板。

---

① 1985 年 7 月 13 日举办的大型摇滚乐演唱会，在英国伦敦和美国费城同步进行，旨在为埃塞俄比亚的饥荒筹集资金。

他在公司跟酒井聊起这事，不料对方作揖打躬，央求道："田边，你就行行好，买了吧。"

"你没搞错吧？我说的是准备放在我家的家庭影院啊？"

正春皱起眉头。这位仁兄几乎每天一下班就往他家跑，总也赖着不走。

"到时候也让我沾沾光，看看黑泽明的电影。我想痛痛快快地看一场《七武士》。"

酒井抓着正春的胳膊一通晃。说实话，他自己也想重新看一遍黑泽明的作品。

"我想看齐柏林飞艇①的DVD。前年出的双碟套装。"一旁的木田插嘴道。

"我想把《教父》三部曲看一遍。"加藤也加入了讨论。

三人把正春团团围住，一口一句"求你啦，田边"，又是拿手肘捅，又是抓着他晃。渐渐地，正春心中的天平竟逐渐朝着"买"的方向倾斜了。

正春说道："那你们好歹凑个份子啊。"

"那不行。"三人不假思索地摇头，"我们要还房贷，孩子上学也要花钱……"

"一群小气鬼！"

正春瞪了他们一眼，但并没有生气，反而更想笑。对这几

---

① Led Zeppelin，英国摇滚乐队。

个大男人而言,下班后去田边家坐坐成了日常生活中必不可缺的娱乐。

"要不这样吧,田边,你不是打算卖车吗?我正好有个大学学弟在二手车行工作,我跟他打个招呼,让他高价收购你的'高尔夫'。这样就没问题了吧?"

酒井一把搂过正春的肩膀说道。

"只多两三万我可不答应啊。"正春回答。

"包在我身上,至少让你多赚十万!"酒井一本正经地拍了拍胸脯。

他说到做到,当天便联系了学弟,晚上就陪着人家来正春家看车。学弟果真愿意以高出市场价十几万的价格收购。加装的导航仪貌似加了不少分。事态的发展实在迅速,正春都惊呆了。

"车的事情搞定了,我明天就陪你去买家庭影院。周末就能开黑泽电影鉴赏会啦。"

酒井拍着正春的肩膀说道。

他只得苦笑,但心里也充满了期待——我家终于要有广大工薪族魂牵梦萦的大屏电视和环绕立体声了!

正春的公寓越来越有"男子汉的秘密基地"的感觉。最新款的音响设备与家庭影院坐镇客厅,整面墙是摆满了书、CD和唱片的收纳架,六叠大的日式房间摆着打麻将用的被炉和写东西用的书桌。卧室的家具没动过，但光是把床罩换成暗色系，整个房间的感觉顿时就不一样了。为什么要换呢？原因很简单，因为白色系的不耐脏，他嫌麻烦。

另外，他还买了自己中意的音乐人的海报，装进画框，用来装点空白的墙面，包括吉米·亨德里克斯、鲍勃·迪伦等人的肖像照。要是仁美还住在这儿，绝对会勃然大怒，当场驳回。他一时兴起，甚至挂了张松田优作的海报。

"待在这儿就是舒服……"

酒井等人已然成了田边家的常客。比起去夜店饮酒作乐，窝在这儿显然经济实惠得多，酒水和吃食全是他们自带的。沙发依然没有着落，但木田贡献了电热毯，加藤拿来了四把榻榻米靠背椅。

大伙儿一起用大屏液晶电视看黑泽明的电影，感动得一塌糊涂。仔细想来，无论是《七武士》还是《用心棒》，正春这代人都没在电影院看过。直到长大成人，有了一点闲钱，他们才得以在契合经典作品水准的环境下鉴赏。所以现在回过头来听唱片也是倍感震撼。

酒井品着兑了热水的烧酒，感慨万千：

"我觉得，一个男人能够拥有属于自己的小天地，仅限于囊中羞涩的单身汉时代。可是过了三十岁，我们才真正渴望这样一个房间啊。想买几张 CD 和 DVD 都不成问题。音响设备虽然贵，但总有办法凑出钱。可是到了那个时候，就没有自己的房间了……"

"可不是嘛，我买了CD只能在车里听听。"

"能在车里听就不错了，我只能在上班路上用iPod听。要是在车里放摇滚乐，孩子们都嫌吵。"

木田和加藤叹着气说道。他们十分同意酒井的观点。

"你们可是一家之主，房子都买了，就不能给自己留间书房吗？抬头挺胸跟老婆提意见啊。"正春在一旁煽风点火。

"说得轻巧。三室一厅顶啥用啊，连吉他都弹不了。"

"我们家虽然是四室一厅，可老婆偏要把和式房间空出来做客房，连书架都不让我搁。"

"总而言之，十个上班族里有九个是薪水搬运工。真想弄死那帮住在六本木的有钱人。"

那口气听上去着实咬牙切齿，逗得正春扑哧一笑。

"话说田边，你老婆完全没有要回来的意思吗？"酒井问道。

"没有吧。"正春耸耸肩回答。

"我想这是你的私事，所以一直没敢问……你们到底是为了什么分居的？"

"天知道，我也不清楚。"

"瞧你说的，好像这事跟你没关系似的。"酒井的鼻头都皱起来了。

"大概是因为喜好不太一样吧，比如泡澡必须是半身浴。"

"我懂，我懂！我老婆也是喜欢半身浴。其实我就喜欢把肩膀浸到热水里,可我老婆硬说没法烧两种洗澡水,害得我只能陪她泡半身浴,水也是温温的。"

木田撇着嘴,连连点头。

"说老实话,家庭聚会也是一桩苦差事,"正春伸了个懒腰说道,"我老婆每个月都要请她的朋友来家里,还都是夫妇一起来。结婚以后,我才发现自己其实很讨厌社交,能把我累死。"

"我们家也一样。我老婆总想着让父母帮忙看孩子,自己办什么红酒派对,可我只觉得憋屈。好不容易休息一天,我只想躺着看电视。"

加藤瘫在地上说道。

"女人就喜欢在家里聚会,所以家具摆设必然要考虑到客人。可这间屋子妙就妙在完全没有'给外人看'的部分。比如说把塞不进架子的杂志直接堆在地上,待着就是舒坦!"

酒井干脆把那叠杂志拽过去当枕头用。

木田问:"话说我们这样就不算'家庭聚会'了吗?"

"算个屁啊,不就是几个得了拒绝回家症的臭男人凑在一起吗?"

正春没好气地说道,其余三人笑得前仰后合。

"不过,'喜好不一样',就意味着我老婆大概也一直看不惯我的爱好和坏毛病吧……"正春仰望着天花板说道。

"哟,这么客观呀。田边,难道你知道问题出在哪儿?"

"她责备过我吃东西太快。"

"哈哈，肯定是这种鸡毛蒜皮的小事。刚结婚的时候，老婆也因为我总在厨房刷牙数落了无数遍。要是我没改，大概早就离婚了。"

"夫妻说到底也是外人啊。"

加藤给出一句冷静的评语，听得所有人都不吱声了。四个年过三十五的男人用不同的姿势躺在地上，各怀心事。

夫妻终究是外人……啊。正春叹了口气，闭上双眼。

话说回来，仁美这会儿在干什么呢——妻子的面容忽然浮现在脑海中。她走了这么久，自己却从来没想起过那张脸，这令正春目瞪口呆。

即便根本没联系过对方，他也不觉得这样有什么问题，情绪也不消沉。

正春在心中暗暗呻吟：妻子离家已经一个月有余了。

4

正春的"沙发采购大业"终于迎来了一缕曙光。他在跑客户时发现，目黑大道边有一块二手家具店连成片的地方。可惜那天他赶时间，没能进店逛逛，但隔着橱窗看几眼，能感觉到店里的东西很有格调。他找女同事打听了一下，得知那个地区最近火得很，能淘到不少富有年代感、用出了"味道"的家具。事不宜迟，他立刻决定周六去一趟。"高尔夫"已经卖掉了，所以得打车去。

到那儿细细一瞧，果然有不少好东西。不过最让正春激动的，是商品的陈列并不精致考究，整家店像仓库似的，塞满了各种各样的家具，颇有些寻宝的感觉。

才逛第一家店，他便发现了一款不错的沙发。皮是深棕色的，磨损程度恰到好处，与穿旧了的皮夹克有异曲同工之妙。那正是他一开始在脑海中勾勒过的"伍迪·艾伦电影里的沙发"。开价十万，有点贵，但事到如今，他已经不太在意价格了。

然后在第二家店，他终于迎来了命中注定的"邂逅"——鲜红色的皮沙发映入眼帘，出乎意料的配色俘虏了他的心，既俏皮又帅气。量了量尺寸，放在客厅里刚刚好。而且沙发是两件套，三人位加单人位，多难得啊。总价八万块。他躺在三人沙发上感受了一下，发现长度也完美契合身高。

红色的啊……男人买红沙发，还是需要点勇气。

但厨房的椅子已经是红色的了。沙发买红的倒也不突兀。

"那款是这周新进的货。原来摆在代官山的咖啡厅，店家要装修，就处理掉了。很划算哦。"

也许是正春下意识地把"想要"二字写在了脸上，女店员主动上前介绍。

"会不会太夸张？"正春问道。

"完全不会呀，搭配棕色系家具的话，应该不会太跳脱。"

他抱起胳膊，陷入沉思。棕色系……他家现在就是棕色系的。

"我估计，这款沙发今明两天肯定能卖出去。"店员顽皮地笑着说。

"我要了！"

正春说出这个月里说过无数次的台词。因为直觉告诉他，错过这场邂逅，自己一定会追悔莫及。

不愧是只卖现货的个体户。店员表示，当天下午就能送货上门。

太好了，我的专属空间总算完工了。正春攥紧拳头，暗暗叫好。理想的小家，将在今天大功告成。

过完周末，正春主动邀请酒井等人来家里做客。看到客厅里摆着一张红沙发，三人都瞪大双眼，随即笑出声来。

"不错哎，不错哎。你的家居品位真的可以。"酒井大加夸赞。

"嗯，好看。换成我们，肯定会挑个更保险的颜色，不是黑的就是灰的……"

"是啊，没想到红沙发会这么协调。"

木田和加藤也十分佩服。这些话听着不像是拍马屁，所以正春由衷地欢喜，甚至想接受家居杂志的采访。

当晚，他们叫了披萨和炸鸡，开了瓶红酒。看的电影是从

TSUTAYA① 租的《愤怒的公牛》。

"导演斯科塞斯和主演德尼罗真是黄金搭档啊!"

"为了塑造角色,又是增肥又是减肥,体重前前后后变了整整二十公斤,德尼罗也真够拼的。"

看完电影,大伙儿激动地交流感想,三个人聊到十点多才离去。

正春放了缸洗澡水,把肩膀浸在水里。仁美离家以后,他每天都用热水泡澡。

泡完澡,他躺在沙发上,边听音乐边看书。就在这时,电话响了。他瞥了眼墙上的钟,明明已经十一点多了。

会是谁打来的?接起来一听,竟是酒井。

"那什么,我能再去一趟你家吗?实在不好意思……"对方的语气好像十分凝重。

"怎么了?出什么事了?"

"你先别问这么多,我能过去一趟吗?不会占用你太多时间,就待在门口,给我五分钟就行。我现在打车过去,三十分钟就能到。"

酒井说了一通莫名其妙的话。

"你要干什么?讲清楚啊!"

"一会儿再跟你细说,反正我现在出发。"

---

① 日本一家提供书籍、CD 和 DVD 出租及贩售的连锁书店。

酒井随即挂断电话。正春皱起眉头，在原地呆立许久。

搞什么？是要跟我借钱吗？不对，借钱不至于这么着急。话说回来，酒井那通电话是从哪儿打来的？

再琢磨也没用。唯一确定的是，他们要谈的绝不是什么愉快的话题，因为酒井的语气分外阴沉。

三十分钟后，公寓楼的门禁果真响了。看清来人的确是酒井后，正春才开了楼门。一分钟后，他家的门铃也响了。他穿着睡衣去开门，不料门外除了绷着脸的酒井，还有个女人。

"对不起。这是我老婆顺子，你应该见过。呃，其实也就在我们的婚礼上见过那么一次。"

酒井压低嗓门说道。他的妻子面色铁青，紧抿双唇，完全没有正眼看正春的意思。

"哦……你好。"

正春只得先点头打招呼。

"顺子，你瞧见了吧？他是跟我同年入职的田边。这下你总能相信了吧。我来的是他家。"酒井对妻子低声说道，"今天晚上我就在这儿，上周五和上周三也是。上上周五应该也是，具体的我已经记不清了。"

酒井的妻子分明噙着泪花，一看就知道两人刚吵过架。

"好吧，来都来了，你也进去看看。田边，不好意思，能让我们进去转一圈吗？"

"哦，行啊……"

正春被对方的气势震住了，只能招呼他们进屋。酒井抓着妻子的手臂，穿过走廊。顺子被他拉得跌跌撞撞，连凉拖都飞出去了。

两人走进最靠里的客厅。"你看，我今晚一直泡在这间屋子里。顺子，你好好看看。这地方是不是很棒？有最新款的音响设备，三十七英寸的液晶电视，连环绕立体声都有！"酒井滔滔不绝起来，"家具和照明可时髦了，简直就是独居人士的理想家园。虽然小了点，可小有小的好处，什么东西都是一伸手就能够到。每次来这儿，我都会想起自己还年轻的时候，就像返老还童变回了学生一样，别提有多开心了，所以我才会每天晚上往这儿跑。"

顺子的嘴唇微微发颤，貌似在拼命忍耐，不让自己哭出来。

"田边，不好意思啊，老赖在你家太不要脸了。"酒井转向正春，低头道歉。

"瞧你说的，我一点也不觉得麻烦。再说了，今晚是我主动请你们来的。"正春连忙摇头。

"就是这么回事。都怪我不好，没跟你解释清楚。"酒井推了推妻子的后背说："你先下楼等着吧，我马上下去。"

顺子双手叠放在身前，鞠了一躬，头发也耷拉下来，然后沿着走廊冲出门去。她自始至终都没有说过一句话。

酒井重重地呼了口气，挠了挠头发。"对不起，你大概也看出来,我们是吵架了。不好意思,让你见笑。"他眨了眨眼,继续说道,"一个街坊家的太太连着好几次撞见我下班后在经堂站下车,就把这件事告诉了我老婆。八卦嘛,总归是越精彩越好。事情越传越离谱,甚至有人说我跟年轻女人去车站前的超市买东西。这不,我今天一回家,她就兴师问罪。疑神疑鬼的日子久了,她心理压力也很大,刚才整个人都爆发了……"

"啊,原来是这样……"

"我说什么她都不信。一把年纪的人了,去男同事家干什么?又不是女人,每天晚上凑在一起聊天有什么意思?听音乐?看电影?你骗谁呢?她死活不信,我根本解释不清。"

"也难怪,我倒是能理解她的感受……"

"可我说的都是事实,一点办法都没有。争论了半天,我只能带她来看证据。"

"哦……"

"总而言之,这事是我对不起你。"酒井深鞠一躬。

"别这样啊,咱们谁跟谁。"

"下次一定找机会补偿你。"

"不用啦,没什么好补偿的。"正春摆摆手说道。

"那我先回去了。"

酒井一个转身,快步冲出客厅,踩得走廊的地板咚咚响。片刻后,家门被轻轻地关上了。正春却呆了半晌,动弹不得。

他回过神来,才注意到音响还开着,连忙调低音量。

当年钟爱的斯汀①正唱着《Set Them Free》。

5

第二天中午,正春与酒井一起去外面吃了午饭。是酒井主动约的:"让我请你吃顿饭吧!"他们来到鳗鱼饭专卖店的日式宴会厅,面对面而坐。酒井左右扭头,微微苦笑,表情却显得十分痛快。

"我老婆总算想明白了,觉得特别难为情,说以后再也没脸见我的同事了,整个人没精打采的。"

"哎呀,不是什么大不了的事,你回去帮我转告她,让她别放在心上。"

正春热心劝慰。他也的确不觉得遭到了冒犯。

"多谢啦,我会转达的。其实过一段时间回头看看,再大的事都不过是笑话一桩。"

"嗯,我也有同感。过个十年,这件事就会变成你们夫妻的美好回忆啦。"

"等过一阵子,你也来我家坐坐吧,给我老婆一个挽回的机会嘛。她做菜可好吃了。"

---

① 原名 Gordon Sumner,英国歌手。

"好啊，那我一定要尝尝，真期待。"

他们点了一瓶啤酒，两个人分着喝，夹块酱菜塞进嘴里，嚼得咯吱咯吱响。

"其实吧，我有种做了亏心事的感觉。"酒井幽幽地说。

"亏心事？"

"嗯。如果我只是去店里喝个酒，打个麻将，就跟平时没什么区别，态度肯定也是坦坦荡荡的。可是下班后去同事家玩就是另一码事了。我心底大概一直有'这样做对不起老婆'的念头，所以没跟她明说，而是找了各种借口，要加班啦，有应酬啦……"

"这样啊……"

"你想，对家庭主妇来说，同事家比自己家待着舒服难道不是奇耻大辱吗？当然了，这都是我事后冷静下来得出的结论。直到昨天，我还下意识地瞒着她呢。"

"哦……"

"然后，只要我一撒谎，言行举止就会露马脚。越想瞒着她，她就越觉得不对劲。就在这个节骨眼上，添油加醋的谣言传进了她的耳朵……是个女人碰到这种情况都会慌神。"

"也是。"

鳗鱼饭上桌了，两人闷头吃了一会儿。后面那桌坐的也是上班族，上司正对着下属滔滔不绝地阐述独门销售策略。

"我觉得吧，女人的身份认同感十有八九是通过'筑巢'

得来的,"酒井说道,"男人千万不能多掺和。"

"嗯,我好像懂你的意思。"正春垂眼苦笑。

"要想在家里弄个属于自己的娱乐室,就得建一栋足够大的房子,或是买套别墅,没这点出息的男人就不要想了。商品房里建不了男人的王国,小家就是女人的城堡。"

这话说得妙极了。正春耸了耸肩,不禁琢磨起自己的处境。

也许这两个月里,他就是在埋头打造属于自己的王国。仁美的出走卸下了绊住手脚的枷锁,于是他便把心中酝酿已久的念头统统付诸实践,还不用顾忌任何人。音响设备也好,家庭影院也罢,都是他专属的暖炉。台灯与沙发则是用来守护阵地的护城河。

"话说田边,你有没有联系过你老婆?"酒井问道。

"没有,完全没联系。"

"我知道这事轮不到我一个外人插嘴,但你们总不能就这样不了了之吧。反正早晚都得打电话,还是男人主动点好,也得给搬走的人留点面子啊。"

"你想得倒挺周到。"

"那可不,我好歹也是一家之主嘛。"

"你们家不是女人的城堡吗?"

两人哈哈大笑起来。正春的心境竟也温暖了许多。

当天夜里,正春决定给仁美打个电话。找什么理由呢?他纠结了三十分钟,却灵感全无。还是来一句最简单的问候吧:"你过得还好吗?"

他走到电话前,又犹豫了三十分钟。他实在没有拨电话的勇气。

但转念一想,再拖延下去,就更不好意思打了。"嘿!"他给自己加油鼓劲,伸手拿起听筒,拨通了电话。

仁美在家。

"呃,我是正春,好久不见。怎么样?你过得还好吗?"

语气有些客气过头,好在声音没有因为紧张突然变得尖锐,还算自然。正春松了口气。

"嗯,挺好的,你呢?"

仁美十分镇定,并没有表现得特别惊讶。

"工作还顺利吗?"

"嗯,就那样吧。"

两人各自交代了近况,随便聊了几句。

"话说阿正,你买了个好大的电视啊。"仁美突然来了这么一句。

"咦?你怎么知道我买了电视?谁跟你说的?"

"我亲眼看到的。我还有家里的钥匙呢。"

"天哪,你来过我这儿?"正春顿感脸上发烫。

"两个多星期前去过一次。我买了新的微波炉——因为我设计的产品上市了,旧的便闲置下来,我以为你还没买家电,想把旧的给你，就带着微波炉打车过去了。"

"我都不知道你来过……"

"知道才怪呢，我是工作日的白天去的。本想放下东西，留张字条就走……"仁美停顿片刻，"可进屋一看，布置完全不一样了……我受了好大的打击，带着微波炉直接走了。"

"啊？怎么打击到你了？"

"因为那分明是男人梦寐以求的小天地啊。有音响设备、家庭影院，墙边摆满了图书、CD和唱片，架子上还有仙人掌做点缀。我宁可发现你带别的女人回去的痕迹……感觉我们一起生活的这八年被全盘否定了。"

"哪有这么夸张……"

正春的声音仿佛是挤出来的。听到这儿，仁美呵呵一笑。

"实话告诉你吧，去之前，我巴不得看到一间乱七八糟的屋子，凄凉冷清，厨房里堆着便利店便当的包装盒……我还想着，如果你真把日子过成那样，我就帮你打扫一下再走。可你收拾得干干净净，让我怎么下手啊。我真是灰心透顶，赶紧轻手轻脚地撤退了。"

正春无言以对，只能吸了吸鼻子。

"但过了一阵子，我就想通了。多棒的房间啊，我好像挺喜欢的，还想起了你结婚前住的公寓，那是多少年前的事了……话说回来，当时你屋里也有堆成小山的书、唱片和CD呢。"

仁美十分怀念地说道。她遥望远方的表情仿佛就在眼前。

"对了，顺便问一句，你到底为什么要搬走？"正春问道。

"我已经忘了。好像是很久很久以前的事情了。"

"哪能忘了呢……"皱纹爬上正春的鼻子，"不会是嫌我吃东西太快吧？"

"知道还不改。"

"好，我改。"

"你还记不记得，有一次我们叫了寿司外卖，不等我泡好茶，你就把自己那份吃光了，把我气得啊……"

"都说了我会改嘛……"

透过听筒，两个人都察觉到对方叹了口气。

"这周末，我能去你那儿坐坐吗？"仁美用十分随意的口吻问道。

"嗯，当然，来吧。"正春用三级跳一般的节奏回答。

"用那个超大屏的电视放电影给我看吧，还要用你引以为傲的音响放点音乐听听。"

"好。呃……我是不是应该提前打扫一下？"

"废话！你还想让我来打扫啊？"

仁美又生气又想笑。

两人互道晚安，挂了电话。正春双肩顿时放松下来，一如崩塌的沙堆。

他往红沙发上一躺，叹了口气。

哦，她周末要来啊——正春闭上双眼，做了个深呼吸。

片刻后,他一跃而起。有没有必须藏起来的东西?

有!他买了足足五张成人片DVD。

正春连忙冲进卧室,从床底下掏出那些光碟。全扔了有点可惜,他决定只扔外壳,留下碟片,塞进电脑专用的光碟盒。这样就没问题了。然后,然后……糟了!为了迎接不知何时会到来的艳遇,他把床品全换成了新的,得赶紧换回去……

简直跟结婚前招呼仁美来公寓做客的时候一样,正春把自己亲手打造的小家里里外外检查了好几遍。

西柚怪物

1

　　佐藤弘子是个三十九岁的家庭主妇,有两个上小学的孩子,住在东京郊外的独门独院的新房,生活平凡却也幸福。丈夫在规模不大不小的印刷公司上班,今年春天刚升为课长,称不上能干,但擅长上下协调,同事们貌似还挺信任他。孩子们茁壮成长,健健康康,性格都很活泼,姐姐还是班长呢。

　　邻里关系也处得很好。把小儿子送进足球队以后,弘子一下子结识了好多新朋友。街坊四邻就是主妇的全世界,没有别处可去,所以格外珍惜这种关系。

　　丈夫的工资足够过日子,但弘子想存点钱,所以她平时会接一些不用出门的零工。工作内容是用电脑录入直邮广告所需的姓名和住址信息,每条七日元。"没有一门像样的手艺"说的就是她这种情况。

　　"会用电脑就是好。我可羡慕你啦,佐藤太太,能在家里赚钱多美啊。"

在超市做收银员的邻家主妇看到弘子对着电脑埋头苦干的模样,便自说自话地"误会"了。敲击键盘打字,把这份零工包装得分外光鲜。如果是手写的,必然会产生穷酸感,弘子怕是也提不起劲来。

照着供应商提供的名簿,一条接一条机械地输入电脑。有时是学校毕业生名簿的复印件,有时是某个商家的顾客名单。收到成捆的问卷时,弘子真的有点害怕。没想到稀里糊涂填写的问卷,竟会以这样的形式流通。

派活儿给弘子的公司叫"菲米尔",专门把各种可以在家做的工作介绍给那些孩子还小、无法出门上班的家庭主妇,比如糊纸袋、商品试用员等。负责这片地区的销售是个五十多岁的胖子,每周上门一次,回收存有数据的软盘。无论是交货还是布置工作,都在家门口完成,两人从没拉过家常。

"佐藤太太总能按时提交,太感谢了。"

对方还是会说两句这样的客套话。

弘子之所以能坚持到现在,是因为这份工作能让她埋头打字,忘记时间的流逝。这能给她带来小小的充实感。虽然有时也会被急件搞得晕头转向,但要是没有一点束缚,日常生活就没有任何清晰的目标了,这种状态反而让她坐立难安。

她会趁着孩子们还没放学的时候在餐桌上摆开阵仗,"咔嗒咔嗒"地敲击键盘。一直开着的收音机里传出面向家庭主妇的调解访谈节目。朴素是朴素了些，但弘子并不讨厌这种日子。这一定是因为她已经不再奢望更多了。四十岁大关近在眼前，自己已经成了不折不扣的大妈。

这一天，门铃的响声不太对劲。照理说，门铃的音量应该不会随着按压的力度而变化，弘子却莫名地觉得这天的铃声格外蛮横。

菲米尔的销售员每周都是这一天上门，不会有错的。弘子拿起了对讲机，来客的确说自己是菲米尔的员工，声音却很陌生，而且语气也相当生硬："有劳您了——"

弘子拿着装有软盘的信封，打开玄关大门。一条夸张的粉色领带映入眼帘。抬头一看，站在门口的是一个肤色浅黑的年轻男人。他染着浅褐色的头发，越看越像冲浪爱好者，化妆品的香味扑鼻而来。

"您好，"来人微微点头，姑且算是打了招呼，"敝姓栗原，从今天开始，这片地区由我负责。"说完，他撩起头发，甩了甩头。

"啊……哦，也请您多多关照。"弘子点头致意。上一任销售压根儿没跟她打过招呼，不过区区打零工的主妇怕是只能享受这种待遇。

"不好意思，能不能先借用一下您家的洗手间？"栗原说道。他抬起一只手，摆出"拜托"的姿势。

"啊，好，请进吧。"弘子不好拒绝，只得答应。她招呼栗原进门，带他穿过走廊，告诉他厕所的位置。见他个头不高，她才松了口气。如果来的是个人高马大的男人，她就要担心"万一……"了，肯定会很紧张。

站在玄关等栗原"办事"好像也很奇怪，于是她去了一旁的客厅。四周太安静了，只能听见滴滴答答的小便声在家中回响。如此厚脸皮的行为让她很是不快，好歹是个销售员，再急也该去公园的公共厕所解决啊。

栗原一完事便沿着走廊来到客厅，踩得地板咚咚响，随即皱起眉头说："呼，好热啊。"说完一屁股坐在了沙发上，末了还松开领带，像乌龟似的伸长细细的脖子。

"今年算是空梅①吧。我的车太破了，空调特别不好使。"

他频频摆着手给自己扇风，还张开嘴巴，表现出一副口渴的样子。

"要喝点冰镇大麦茶吗？"无奈之下，弘子只能问道。

"不好意思啊！"这是栗原第一次在她面前露出雪白的牙齿。

弘子无言以对，这人的脸皮是有多厚啊。

她不情愿地走到厨房，倒了一杯加冰的大麦茶，用托盘端去客厅。栗原打量着电视柜，用十分自来熟的口吻说："您家还用卡带式录像机呢？"

---

① 在梅雨时节没有降雨或降雨不明显的日子。

弘子不知该说什么才好,只得随口应付一声:"嗯。"他是想笑话我们家太落后吗?

"DVD录像机的试用员还有空缺,您有兴趣吗?"栗原转向弘子,"试用三个月,给九千日元的酬金。不过具体能拿多少得看问卷的填写质量,最多是这个数。"

"不用了。"弘子把大麦茶放在桌上,一口拒绝。她不想掺和自己不了解的事情,而且对方的语气实在让她窝火。

"为什么?试用员可是最抢手的差事,能免费使用最新的产品,有什么不好的?"

"但我不太擅长捣腾机器……"

"要的就是您这样的。厂商想知道外行人用起来会有什么感觉。"栗原将大麦茶一口饮尽,又用手背擦了擦嘴,"那就聊聊这星期的活儿吧……"说着,他从纸袋里掏出一叠明信片。

看着像寄给商家抽奖的明信片。录入时要一张一张地翻,比能用眼睛扫视的表格麻烦多了。

"这捆是三十岁以上的单身女性,这捆是四十岁以上的已婚人士……"

为什么家里会莫名其妙地收到各种直邮广告?开始打这份零工以后,弘子便搞清了其中的玄机。随便寄的抽奖明信片,都会变成商家统一管理的数据。

"话说佐藤太太,您多大年纪了?"

"……三十九。"

答案脱口而出。可话音刚落，她便觉得脸颊发烫。

"呵，那您看着挺年轻的，说不到三十五也有人信。"

不用说，弘子一点也不开心。这个问题本身就让她火冒三丈。

"顺便说一下，我今年二十九岁了。"

弘子默默接过明信片，再把软盘递过去。

"我记得这里头是'明年有女儿成年'的家庭列表吧？"栗原问道。

"不知道啊，没人告诉我具体的内容。"

"这样啊，原来'居家的'只负责录入数据。"他靠在沙发上，耸了耸肩。

"居家的"——弘子还是第一次听到这个词。他们公司内部貌似是这么称呼打零工的主妇。她顿时觉得自己被鄙视了。

"之前那位销售员呢？"弘子问道。

"八成是辞职了吧。我也是这周刚入职的，什么也不知道。"

这十有八九是一家人员流动很频繁的公司。眼前这个男人肯定也换过不少工作，否则快三十岁的人怎么会跑到给主妇介绍零工的地方呢。

弘子接过收据，说道："那今天就谈到这儿吧。"这是在下逐客令。

"啊，是哦，打扰了。"栗原猛地起身，简直像跳起来似的。盖住耳朵的长发一摇一摆，露出了下面的耳钉。

这样的销售员，能正经到哪儿去。一想到这个人每星期都要上门，弘子的心情不由得沉重起来——下次坚决不让他进屋。

弘子把栗原送到玄关。他穿鞋的时候，弘子才发现他穿着脚后跟破洞的袜子，看来是个单身汉。

栗原开口借鞋拔子，她便递了过去。两只手不小心碰到了，鞋拔子掉在地上。两个人又同时弯腰去捡，于是两颗脑袋"咣当"一下狠狠地撞到一起。年轻男人的热气朝她的肌肤涌来。伴随着化妆品的味道。

"啊，对不起。"栗原连忙道歉。

他甩着长发，扬长而去，唯有柑橘系的香水味道残留在弘子的鼻腔。

当天夜里，弘子做了个怪梦。她梦见自己遭到了西柚怪物的侵犯。那怪物神似米其林轮胎人，仿佛是好几个圆圈叠出来的。眼看着怪物扑了过来……明明在做梦，弘子的大脑却有一部分保持着清醒的状态，意识到这个怪物是白天见到的销售员栗原的化身。年轻和粗糙是他给弘子留下的印象。但梦中的自己并没有奋力抵抗，可见她并不是打心底抗拒。最后，她竟然放弃了抵抗，委身于怪物。原来自己的内心深处暗藏着这样一份期许。这并不是什么下流的欲望。她想要的，不过是一点点的不同寻常，虽然她有些乐在其中也是不争的事实。

第二天早晨，弘子惊讶地回想起这个怪梦。她都好几年没做过这样的怪梦了。当然，睡在身旁的丈夫对此一无所知。

2

一星期后，栗原扛着DVD录像机登门拜访。他那粉色的领带在玄关口晃来晃去。

"这就是我上次提过的，在找人试用的DVD录像机。佐藤太太，能不能帮个忙呀？只要把问卷的每一栏都填上，一个月就能赚三千日元的酬金呢。"

说着，他竟自说自话地走进了客厅。

"嗨，虽然钱不多，跟小孩的零花钱没什么区别，我也挺不好意思的，但您就当天上掉下来一顿还算丰盛的午餐，不是挺好嘛。对吧？"

"呃，可是……"

弘子还没反应过来，只能呆立着看栗原拆盒子。

"这种活儿有的是人抢，但厂商开出的条件是住独栋房子的工薪族家庭，而且家里必须有两个以上还没上初中的孩子。"

"哦……"

录像机是一流家电厂商的产品，价格也不便宜，得咬咬牙才能下决心买。

栗原把佐藤家正在用的录像机拉出电视柜，拔掉背后的电线，着手安装 DVD 录像机。

"太太，我口渴了。"他的语气颇似知名主持人三野文太。

弘子无可奈何，只能给他倒茶，心中的不悦逐渐膨胀。

喝完茶，栗原脱下外套继续忙活。弘子望着他的后背。别看他嘴上轻佻，身上竟然有些肌肉。只有做运动的男人才会有这样的后背。

"哎呀，糟了。"栗原咂咂嘴说道，回过头来，"我不能帮你装！"

"是吗？"

"是啊，使用者必须亲自动手装，因为问卷上有相关问题。"

"那我回头让老公装吧，这种东西我真的不太会用。"

"唔……"栗原依然坐在地上，抱起胳膊，"但我也得先确认一下它能不能动，再来一趟也很麻烦……"

弘子也不希望他来得太勤快。

"佐藤太太，要不我在一边盯着，您自己装行吗？您看看说明书。"

弘子本想说点什么，却还是照办了。其实仔细想想，她甚至没答应要做试用员。

她把说明书摊开放在地板上，对照图示，把一条条电线插到对应的接线口。又是输出又是输入的，都把她搞晕了。

"啊，那边要插白色的电线。黄色的插音频口。"

栗原在一旁探出身子说道。柑橘香随着午轻男人的气息一起涌进她的鼻子。今晚又要做怪梦了吗？弘子突然走了神。

两人的肩膀轻轻相碰，弘子没有往后缩。她能感觉到那紧致的肌肉，脸颊渐渐发烫。她对栗原并没有好感，却不抗拒这样的接触。上一次与丈夫以外的男人如此接近，已经是久远到无法记起的往昔了。

电线都插好后，栗原把身子深深埋在沙发里，从口袋里掏出香烟。一介销售员，还想在别人家抽烟不成？

"呃……能借个烟灰缸吗？"

"我们家没人抽烟。"弘子毅然决然地回答。

栗原耸耸肩，收起烟，把文件往桌上一摆。

"那我把问卷放在这儿了。都是一些特别琐碎的项目，您照实写就成。不过我们社长说了，没用过的人乱填一通是不行的，人家一眼就能看出来，所以还要麻烦您用一下……对了，帮我在借出单上盖个章吧。"

弘子就这么莫名其妙地接了这份工作。接就接吧，反正也不是什么碍事的东西，老公看到了大概会很高兴。

她把录好数据的软盘递过去。"那我先撤啦。"栗原连头都懒得点，抬了抬手，便走出了客厅。

送他到玄关时，弘子下意识地探出身子，闻了闻从他背后散发出的香水味。香味穿透鼻腔，在她的脑海中扩散开来。

她仿佛收获了什么东西，心里甜滋滋的。

"这不是白送的？"丈夫达哉一回家便对DVD录像机产生了浓厚的兴趣，一手拿着说明书，一手操作起来，"也没点折扣吗？"

"谁要买啊。试用三个月，用完就还回去。"

"这钱可真好赚。唉，我也想在家里工作……"

说着，达哉往地上一躺，肚子上的赘肉都在颤抖。

"哪里好赚！家务已经够忙的了，还要挤出时间做这些。哎，你快把晚饭吃了，不然我没法收拾。"

丈夫回来得晚，其他人都吃完了。弘子把他那份饭菜摆在桌上，催他赶紧吃。孩子们正在二楼做作业。

"啤酒呢？"

"你要喝啊？"

"废话，快拿来。"

弘子不情愿地打开冰箱，给他拿啤酒。

比她年长四岁的达哉已经彻底沦为中年大叔。腰围一年比一年粗，眼看着就要突破九十厘米大关。平时几乎不运动，顶多应酬时打打高尔夫。大腹便便，他却毫不介意，貌似已经完全放弃"讨小姑娘的欢心"了。就连她看到刚洗完澡的丈夫，也会生出幻灭之感。

达哉面朝电视，大口大口地啃着炸鸡块，喝着啤酒。

"老公，你就不能减减肥吗？"这句话弘子都说过一百次了。

"我告诉你，每个人都有觉得适合自己的脂肪量。体检也没查出什么问题，我觉得这样就挺好。"

弘子把手肘搁在桌上，手掌托腮，撇起嘴巴。

不过她也没什么资格数落人家。有时，她会因为不小心瞥见超市橱窗里的影子而郁闷。上臂的"蝴蝶袖"已经到了大风一吹就摇晃的地步。

见达哉看起了新闻节目，弘子决定先去泡澡。她先用香皂在海绵上擦两下，再用海绵擦身。每往上划拉一下，赘肉便跟着一阵弹跳。肚子上都有"救生圈"了。

她尝试过好几种美容方法，却没能坚持下来。这是因为她没有迫切的需求，换作女演员或女模特，肯定会拼命想办法留住青春。职业女性也不至于太松懈，总会努力保持美丽的形象。总而言之，家庭主妇是没人看的，会有危机感才怪。

泡澡的时候，她决定来一次阔别已久的面部按摩。用双手托住下巴，整个手掌往上拉，从脸颊到脖子都受力。不知不觉中，她竟忘了时间，一做就是二十分钟。

走出浴室后，她对着镜子，打量一丝不挂的自己。马上就四十了……她不禁叹了口气。

她拿起浴巾，把身体擦干，心中却怀着一缕期待，今晚会不会做梦呢？

果不其然，西柚怪物再次现身梦境。它一言不发地扑向弘子，一通乱摸。但并不粗暴，只是有些笨拙。

弘子故意反抗了一下，扭动身子，从怪物身下钻出来。呵呵……她抬起嘴角，给怪物一个冷笑。正要逃走，怪物竟抓住她的脚踝，毫不费力地把她拽了回去。这样的对待却让她产生了愉快之感。

好几根电线从怪物的背后伸出来，顶端圆润的物体拂过她的全身。她意识到，这是白天看到的录像机的配线。它们试图钻进她的身体，仿佛昆虫一般埋头向前。

弘子任其摆布，愉快之感愈发强烈。她拼命忍着，免得喊出声来。虽然是在做梦，她也不知道自己会不会真的叫出来。

脚尖一阵抽搐。此时此刻，自己是不是挺起了后背？弘子明明在做梦，脑子里却在琢磨这个问题。她用全身感受着怪物的分量，为新发现的乐趣而欣喜。

3

栗原第三次上门那天，弘子格外仔细地吹头发、化妆，还涂了指甲油，换上露肩低胸的针织衫，等待着那一刻的到来。我刚从外面回来——她连借口都想好了。她也无法解释自己为什么要梳妆打扮，只是想做点跟平时不一样的事罢了。

刚在玄关见到出来开门的弘子，栗原脸上闪过一抹惊讶。虽然表情变化细微而迅速，但弘子清清楚楚地看在眼里。他不会误会了吧？这样的担心也不是没有，不过年轻人的反应还是让她心满意足。

"请进，"弘子主动招呼他进屋，"还好赶上了。我刚从外面回来。"

"是吗。"栗原并没有表现出特别的兴趣。

不等他开口，弘子就主动倒了大麦茶。两人面对面坐在客厅的沙发上。

"这周要麻烦您录入的东西都在这儿了，全是每年出国旅游两次以上的未婚女性。不好意思，这次也不是表单……"

栗原掏出一叠问卷复印件，讲解本周的工作内容。弘子看着他，思绪却飘漾开来：他每次都穿一样的衣服，粉色的领带也没换过，难道这是他的第一份正经工作？原本是靠打工为生的飞特族，光顾着玩冲浪了？要么就是在商店打工的店员……脑海中净是些无关紧要的想象。

她还观察了栗原的身形。身材果然紧致，肌肉称不上发达，但还是比较结实。

"话说您用了那台 DVD 录像机吗？"栗原问道。

"有啊，我老公用得可起劲了。"

"嗯……您和孩子也得用，否则就没法把问卷填满。"

"是哦，我知道自己得用，可是操作起来好难……"

"佐藤太太，您要加把劲，否则找您试用有什么意义呢？"

栗原叹了口气，显得十分不悦。这种态度让弘子火冒三丈。

"那你教我啊！"

"老子也不会，家里又没这种东西！"

连"老子"都用上了。要不是看在怪梦的份上，她绝对会向公司投诉。

"我怎么填问卷，跟你的业绩挂钩吗？"

"天知道，但我入职没多久，不敢马虎。"

"那你原来是干什么的？"

"跑运输的。"

哦，原来他的肌肉是装卸货物锻炼出来的。

"那你的皮肤怎么这么黑呢？"

"冲浪晒的。玩了十多年了。"

这条倒是猜对了，完全符合他的外形。

"那我用用看吧，你也指导我一下。"

弘子把说明书摊开放在桌上，拿起遥控器。

"呃，我还有下一家要跑呢。"栗原说道。

"有什么关系嘛，就十分钟。"

她往电视柜前面一坐，开始按遥控器，栗原在一旁帮着念说明书。弘子故意往他那儿凑，动作很缓慢，以免被他察觉。

又闻到了那股柑橘香。但她今天还想要点别的收获——能为梦境提供素材的新东西。

弘子鼓起勇气，假装没坐稳的样子，往边上一倒。"啊，对不起。"她伸手扶住栗原的肩膀，隔着衣服感受到年轻男人的肌肉。四目相对,栗原的脸近在眼前。

她身上也散发着化妆品的味道。为了不让对方误会,她很快松手了。他的肌肉很柔软,一如想象那般。

栗原继续念说明书,若无其事。疑虑突然涌上弘子的心头:在二十九岁的男人眼里,三十九岁的女人到底算什么?还算是"异性"吗?

这得看人吧,是喜好的问题。但照理说,大妈肯定入不了他们的法眼。二十九岁的男人,只会把二十五岁以下的女人视作恋爱的对象。她又怎么比得过青春正好的小姑娘呢。

折腾了半天,终于开始录像了。"不是搞定了嘛。这就行了。"栗原冷冷地说道。

栗原要走,弘子送他到门口。她想乘胜追击,再闻闻那味道,便把脸凑向他的后背。不料栗原突然回头,把她吓了一跳。

"我身上有怪味吗?"

"呃,没有,就是觉得你喷的香水挺好闻,"弘子支支吾吾,脸肯定也红了,"男人用这种香水还挺稀罕的。"

"有吗,大家都在用啊。"

栗原有点纳闷,告辞走人。

弘子回到客厅,猛地把头埋进沙发。她大口大口地喘气,平复胸口的悸动。好险,好险,差点就成怪阿姨了。

弘子吃了碗面当午饭,然后在餐桌上开工。郊外的住宅区,唯有孩童的嬉闹声和废品收购车的广播声偶尔传进屋里。

她把问卷上的地址"咔嗒咔嗒"地一条条录入电脑，时不时吃块饼干，喝口大麦茶。

忽然，她想起自己正在录入的地址都属于热爱出国旅游的单身女性，视线无意中扫到了"年收入"一栏。每个人都挺能赚的。三十多岁的人也有不少。真舒服啊，不结婚也不生孩子，想去哪儿玩就去哪儿玩。

弘子上一次出国旅游已经是十多年前的事了。那是她的蜜月旅行，去的是夏威夷。近期她也没有出国的打算。肯定要等孩子们都独立，老公也退休后，他们才会一起出远门吧。

她放下手中的工作，看向窗外。一望无际的夏日晴空映入眼帘。

如果当年没走这条路，我是不是也能拥有另一种人生呢？弘子偶尔也会琢磨这种问题。三十岁以后的这几年，她几乎都在家中度过，连热门的餐厅也没去过。还没回过神来，她就成了上了年纪的大妈。了解世界的途径仅限于电视。

她再次投入工作，输入一条条地址。每次碰到比较长的地址，她都气得想咋舌。因为每条地址的单价都是七块，无论长短。

当天深夜，达哉在外面喝了酒才回来。刚从浴室出来，他便往弘子的被窝里钻，喘着粗气往她的脖子上凑。

弘子下意识地扭动身子，用手推开他。她反应过来自己干了什么，大吃一惊。

"啊，对不起，我今天有点累了。"她用纤弱的声音说道。达哉停下了，他"哦……"了一声，便回了自己的被窝，一脸的不爽快。

每周一次的享受岂能让丈夫夺走。因为那个梦，能把她带去不同于往常的地方。

等丈夫睡着后，弘子也做好了入睡的准备。意识愈发稀薄，通往欢愉的大门触手可及。

西柚怪物很快便现身了。但它的身材和上一次不太一样，看起来似乎更瘦削。碰碰它的肩膀，感觉弹性比上一次更好。很好，很好……弘子在心中窃笑。梦中的自己也变得稍微年轻了一点。明明没有镜子，可她就是知道。是因为白天刚打扮过的原因吗？

怪物像往常一样默默扑来。这一回，它手上拿着一个棒状的东西。弘子意识到，那是录像机遥控器的化身。它想用这东西干什么？她不禁心跳加速。

怪物拿着那东西逗弄弘子。弘子不禁扭动身子，匍匐着逃离怪物。她想多享受一会儿，也想被怪物制服。怪物也正如她期盼的那样，抓住了她的脚踝，不费吹灰之力把她拽了回去。这个瞬间也让她欲罢不能。

怪物骑在弘子身上开始摆动。那种原本模糊不清的水乳交融的感觉变得分外清晰，梦的质量似乎变高了。

愉快之感愈发强烈，比上一次更明显的酥麻席卷而来。弘子张开双腿，缠住怪物的躯体，甚至用双手搂住它的脖子，忘我地缠住它。

与此同时，她也咬紧牙关。不知为何，她始终很清楚，丈夫就睡在身边。

她拼命抑制着随时都要脱口而出的喊声，片刻后，终于攀上了快乐的顶峰。

她从未体验过这样的感觉，这一定就是真正的快感。

4

自那夜起，弘子每天都想着那个怪梦。第三次品尝到的感觉直到第二天早晨仍有余韵，鲜明得仿佛依旧存留在身体的某处。

无趣单调的日常生活完全变了样。那一天还会来的——光是想到这一点，她便有了盼头。泡澡时做按摩已经成了每天的例行公事。她甚至养成了做美容体操的习惯，只是运动量不算大。反正一切都发生在梦里，她没有丝毫的负罪感。这是只属于她的乐趣。

她想添置几件新衣服，便去了新宿的百货商店。买新衣服自然是为了和栗原见面时穿。她的些许改变，一定会反映在梦境中。弘子正在寻找新的"开关"。

她买了黑色吊带衫和透视衬衫的套装，还试了条迷你裙，但觉得太夸张了，最后还是买了一条高开衩的长裙。如此一来，只要她弯下腰，大腿就会露出来。

白天的百货店里，家庭主妇占了顾客的大半，而且主妇们大多没有伴儿。明明是再熟悉不过的光景，今天看来却不胜感慨。她们就不觉得寂寞吗？

走进百货店的餐厅一看，用午餐的女性顾客也基本都是一个人，仿佛这样才是理所当然。

在孩子放学之前，主妇们只有这片刻的自由时间。她们也不是特别想来百货店，只是没有别处可去，所以才下意识地往这儿跑。街坊四邻也没有亲密到能结伴逛街的朋友。毕竟抬头不见低头见，万一闹出点什么事就尴尬了，不可避免地要保持距离。

家庭主妇总是孤独的。

要不顺便给老公买件白衬衫吧。弘子去男装卖场逛了逛。忽然，她的视线瞟向了领带专柜。她想起栗原总系着同一条领带。要不送他一条时髦点的？不知不觉中，她下意识地挑选起来。

算了吧，引发误会还不算什么，搞不好会把对方吓跑了。再说，她根本不在乎栗原这个人。弘子暗暗苦笑，摇了摇头。

然而，她还是在那儿逗留了足足二十分钟。要送的话，肯定得选这条……她在脑海中挑出最合适的一条，享受着荒唐的幻想。

栗原对弘子的心事一无所知，跟平时一样上门来了。

"不好意思，能借用一下您家的厕所吗？"他毫不客气地进了屋。滴滴答答的声音在屋里回响，依然叫人不快。算了，反正她已经习惯了。

弘子把他带到客厅，今天为客人准备的饮品是可尔必思。端托盘的时候，她有意识地把裙子开衩的地方对着栗原——她想用最好的角度展示自己的腿。

走到桌旁，她弯下腰，同时用眼角余光窥探栗原的脸色。

只见栗原的视线在她身上迅速扫过。计谋奏效了，弘子喜不自禁。这一幕会以怎样的形式出现在梦里呢？

她坐在正对着栗原的沙发上，微微探出身子，用双臂推起胸部。

"那个 DVD 录像机，我已经会用了哦，边看边录其他频道的方法也学会了。"

弘子故意用比平时更明快的声音说话，同时挂上一副笑脸。

栗原许是察觉到了弘子的异样，愣了一会儿，然后又时不时偷瞄她。看来这身打扮似乎引起了他的些许兴趣，弘子对他的反应心满意足。

"呃，这周要请您录入的好像是年收入一千万以上的家庭的住址信息。"栗原像平时一样掏出了表单。

"一千万，好羡慕啊……"弘子说道。

"听着就来气,我再怎么拼命也挣不到这个数。"

弘子觉得栗原咬牙切齿说话的模样十分滑稽,不禁"呵呵"一声笑了出来。

"对我来说,一千万也是天文数字。我在家打零工又能挣几个钱呢。"

"不不不,说句不太合适的话,我一直觉得'居家的'都挺努力的,毕竟录一条才七块钱。"

话音刚落,弘子的表情便凝固了。

"就算一小时能录入一百条,换算成时薪也只有七百块。脑子不好使的女高中生去汉堡店打工都不止这点钱,我是真的很同情你们。"

弘子胃里翻江倒海。这人也太口不择言了吧!

"但能在家里完成的工作很有限啊。"

"这个社会就是这样,看准别人的弱点,想着法子压榨。"

"话是这么说……"

弘子抖擞精神,换了个话题。她告诉栗原,街坊家的主妇们也想做商品试用员。

"这样啊,那我跟公司打个招呼。"他的回答很是敷衍。

"就没有洗碗机、空气净化器之类的东西吗?"

"天知道,我只负责完成上头布置下来的任务。"

"哦,不能自己选?"

"哪有这么好的事。这款 DVD 录像机拿出来做试用也是有目的的,等三个月的试用期满了,把东西一回收,肯定会有人觉得家里缺了点什么,自己掏钱去买。"

"也是,我老公可能会动心。"

栗原拉上公文包的拉链,一副要走的架势。弘子连忙开口请他帮忙。

"对了,麻烦你件小事行吗?家里有个酱菜瓶子,我死活拧不开。你看上去力气挺大的,能不能帮我拧一下?"

这是她今天早上想出来的口实。家里也的确有一个打不开的瓶子。

"您先生不帮您开?"

"他的手受伤了。"这当然是谎话。

说完,她跑去厨房,把酱菜瓶拿了过来。"就是这个。"

栗原默默接过瓶子,坐在沙发上抓住瓶盖,抬起右肘使劲拧。弘子就待在他旁边,弯腰盯着他看,仿佛整个人都要压在他身上。她缓缓吸进一口柑橘香,凝视那紧致的肩膀和手臂的肌肉。隔着外套,都能看出他的肌肉鼓了起来。她的脸越来越烫。今晚的西柚怪物会向她发起怎样的攻势呢……

说时迟那时快,栗原拧开了瓶盖,瓶中的液体飞溅出来。

"啊——"栗原大喊一声,站起身来。他的肩膀碰到了弘子的胸口,胸部被压了一下。栗原的裤子也被弄湿了。

"哎呀,糟了!"弘子连忙去厨房取来抹布帮他擦裤子。

"啊,没关系,我自己会擦,不要紧的。"

弘子不顾他的劝阻，继续隔着裤子擦着年轻男人的大腿。她的身子逐渐发烫。虽说事出巧合，但这着实是收获。

"会不会留印子……"

"没什么大不了的。"

栗原躲过弘子的手，拿起包说道："那我先告辞了。"

弘子送他到门口。"试用员的事情你帮我留心着，有合适的就联系我，我会介绍街坊邻居给你的。"

"呃，是这样的……"栗原穿好鞋，回头轻声嘀咕，"我辞职了，下周就不是我来了。"他挠了挠后脑勺。

"啊？为什么？你不是刚入职吗？"

弘子大吃一惊。怎么能这样，太突然了……

"是啊，可是这工作不适合我，再做也没什么意义。"

"哪能说走就走，稍微有点不顺心的，也得忍着点啊。出来工作就是这样。"

弘子居然在挽留他。人家压根儿就不是她的同事。

"呃，辞职报告都交了，做完这周就结束。"栗原推开房门，"下次应该是新的负责人上门，到时候也请您多多关照。"说完，他关上了门。

"啊……"弘子伸出手去，却扑了个空。

她在门口呆立了许久，心也一点点凉下来。

怎么回事，好不容易找到的乐趣就要消失了……

真傻，还特地买了新衣服呢……

那感觉就好像有人突然撤走了她脚下的梯子。

当晚，弘子谎称自己感冒了，一个人跑去客房睡。反正是最后一次，她想在不用顾忌丈夫的环境下尽情梦一场。

不知新任的负责人长什么样，反正十有八九是中老年男人。毕竟年轻人不会主动进一家专门给家庭主妇介绍零工的公司。

弘子不会主动外出寻找刺激。孩子还在上小学，而且对她来说，家庭才是最重要的。她一直待在家里，守在自己的地盘上，等着意外来敲门。

她对这样的生活并没有不满。三十多岁的这几年，她一直是这么过来的，以后也不会改变。

弘子闭上眼睛，坠入梦乡。不一会儿，西柚怪物便出现了。她十分高兴，差点冲上去抱住它。

怪物扑向她，只按住她的上半身，开始执拗地抚摸她的大腿。是高开衩的裙子果然没白穿，还是因为她用抹布擦了栗原的裤子？

弘子装出抵抗的样子，却用手臂搂住怪物的后背。紧致的肉体一如她的想象，皮肤润泽得恰到好处。把脸贴上去一闻，有股甜腻的汗味。

怪物试图掰开弘子的双腿，她照例开始反抗，却没怎么使劲。怪物毫不费劲地得逞了，用全身压住她。

它的重量似乎带来了一种愉快之感，弘子有种被制服的感觉。她紧紧搂住怪物的脖子。

要叫出来了。她实在忍不住,漏出双唇的微弱喘息反而让她更加兴奋。

她感觉自己先是上浮,又头朝下坠了下去,仿佛置身于高速下坠的过山车。

身子开始发烫,这股热流穿透她的背脊,直达头顶。

视野中是一片红,前所未有的恍惚感将她包围。

她抱紧自己发烫的身体,蜷缩在被窝里,久久无法动弹。

虽然一切都结束了,但她却有一种心满意足的感觉。泪水顺着她的脸颊滑落,也不知这是欣喜的泪,还是悲伤的泪。

丈夫与窗帘

1

吃晚饭的时候,丈夫荣一提出,要在品川站附近开一家窗帘店。听到这话,大山春代的心情顿时一如往常地沉重起来。

"窗帘店?"

"对,卖窗帘和地毯,绝对能赚大钱!"

荣一大口扒着米饭,像指挥家似的挥舞手中的筷子。他的态度倒是快活得很。

"老公,你又要辞职了?好不容易才升上课长……"

荣一跳槽去现在这家公司才一年左右。而且据春代所知,这已经是他待过的第五家或者第六家公司了。

"课长算什么呀,小商贸公司一个,总共也就五十号人。"

"这么说自己的公司像话嘛……你们社长不是很信任你吗?说走就走多不好。"

"我是挺过意不去的,但机会摆在眼前,我也没办法。雇佣关系说白了就是一纸合同，做老板的总得考虑到员工辞职的可能性。"

春代垂下眼看着桌面，叹了口气。老公总是这样，一旦说出口，十匹马都拉不回来，而且动作还特别快。在他宣布自己要干什么的时候，两条腿已经跑起来了。

"哎，你怎么不问我为什么要开窗帘店呢？"

"你非要我问也行。"

春代边吃饭边回答。就算老公解释给她听，她也不会同意。因为他的计划总是听起来完美无缺，实际执行时便漏洞百出。好比前年办的"外卖跑腿公司"，再上一次的"同学会组织代理公司"，还有更久远的"代人遛狗服务"。

荣一两眼放光，问道："最近品川地区的海岸边不是新建了好多公寓楼嘛，你知道总共有多少栋吗？"

"天知道，我很少去那边……"

"前一阵子，我正好去那一带跑客户，顺便数了一下。从芝浦到天王洲，短短两公里的范围内，居然有整整十二栋新楼！而且每栋都是二十层以上的超高建筑，规模大的能住两千多户人呢。准确的数字还没算出来，但我非常肯定，在接下来的一年里，仅仅品川地区就会多出至少一万套新房。"

"哦，楼市这么红火啊。"春代敷衍了一句。

"于是我琢磨了一下，搬进新公寓以后，大家最先买的是什么？答案是……窗帘和地毯！"

荣一的表情仿佛在说"怎么样，我是不是很厉害"。

"你不能随便下结论吧，得好好调查一下。如果房子是自带窗帘的，那不完蛋了。"

"开什么玩笑，你听说过带窗帘的新房吗？地面也是，铺了木地板的新房大概占了一半，但是往沙发下面铺块地垫之类的需求还是有的嘛。再说了，法律有规定，高层公寓必须用防火窗帘，以免发生火灾。跟你讲，防火窗帘可不便宜。普通的两室一厅拐角房，怎么也得装六套窗帘，总价要整整二十万！"

春代没吭声，啃了口腌萝卜。"咔嚓咔嚓"的咀嚼声在客厅回响。

"刚买完大件家具的时候，人总是特别容易乱花钱，这是天性。好不容易买下一套那么贵的房子，窗帘当然也要豁出去。"

"窗帘就算了，我只想要房子。"

"哎呀，等窗帘店赚了大钱，我就给你买。假设二十万的窗帘能净赚五万，只要搞定一千户，就有五千万进账。"

荣一张开五指，把手掌猛地伸向春代。

"我的意思是，做这种生意总得先调查一下——"

"那是当然，我准备明天去一趟云雀丘小区附近的窗帘店，找他们老板了解了解情况。"

"啊？你还认识做窗帘生意的人？"

"不是熟人，我翻黄页找到他们家的电话，讲了讲我的情况，还说'我真的很想当面跟您聊一聊'。品川离云雀丘远得很，不会变成竞争对手。"

虽然每次都是这样，但春代又被惊呆了。为什么老公在这方面总有异乎寻常的劲头？他天生适合跑销售，留在现在的公司发挥自己的特长不是很好吗？

"话说，启动资金你打算怎么办？"

"不是有专门为开店攒的钱嘛，六百万。"

"为开店攒的钱？"春代怒目而视，"别开玩笑了！那是用来买房的钱。不是计划好要努力攒到一千万付首付的吗？！"

"我都说了，等窗帘店挣了大钱，用现钱买套公寓还不是小意思。"

"万一失败了呢？"

"你就不能乐观点吗？"荣一明明是个大男人，却娇声娇气地说道。

"我坚决不同意。那笔钱有一半是我贡献的。"

春代平时会在家接一些画插画的工作。虽然是画杂志和小册子的插图，但普通女白领的工资还赚得出来。

"一半就一半吧。剩下的老样子，我找金融信用合作社凑凑看。"

"重点不是这个好吧！"

春代拿起用完的餐具，起身走到水池边，拧开水龙头，拿起海绵。因为她想暂时停止这段对话。

谁知荣一拿着碗筷跟了过来。

"我是不想后悔没把握住这个机会。品川站周边都是写字楼,眼下还没有一家窗帘店呢。这种事情总归是先下手为强。"

又是这套理论。"先下手为强"难道不等于"别人一参与竞争就完蛋"吗?

"反正等大家都买好窗帘,市场需求也就没有了,到时候直接关门。只拼这一两年,赚他五千万!"

可这偏偏是春代最受不了的。她只想要平凡而稳定的日常生活。

"求你了!"一旁的荣一双手合十,"公司职员的日子,一眼就能看到头。要想在这个时代闯出点名堂,还是得创业啊。"

搞IT或咨询业也就罢了,可荣一的创业点子净是依靠人力的业务,跟高科技一点都不沾边。

荣一从春代身后凑了过来,伸手穿过她的腋下,往她的胸前伸。

"别闹!"春代厉声喊道,用手肘甩开了他的手。荣一乖乖退下,靠在水池边,像小学生似的闹起了别扭。

"老公,我们都三十四了。"春代边洗碗,边平静地说道。

"才三十四,人生还没过半呢。"

"是吗……我的老同学都有孩子了,正在为房子和孩子的教育发愁,满脑子想着以后怎么过日子。可我们呢?连个人生规划都没有。"

荣一噘着嘴,默不作声,跟小孩没多大区别。

"希望你能多考虑考虑我们的未来。"春代故意用见外的口吻说道。

"那就等两年再要孩子,所以一定要把窗帘生意做好——"

"总而言之,"春代拧上水龙头,转向丈夫说道,"你再好好考虑一晚上,然后我们再谈吧。"

"呃,这主意不错,只是……"荣一的声音轻得几乎听不清,"实话告诉你吧,我已经把辞职信递上去了。正所谓事不宜迟……"

春代只觉得天旋地转。话说回来,他上次也是一声招呼没打就辞职了。

她深深地叹了口气,狠狠地踩了老公一脚。

"痛死啦!"荣一边笑边逃。夫妻俩是同龄,结婚已有七年。春代追到客厅,跳起来用膝盖顶了他一下——这一击可是动真格的。

荣一说干就干,迅速巴结上了云雀丘窗帘店的老板,把进货渠道和经营的入门知识都学了过来,甚至让人家帮忙写介绍信寄给批发商和工会。

"人家跟你素不相识,凭什么对你这么好?"

春代十分纳闷。荣一却满不在乎地说:"有话直说,别绕弯子,人家自然会对你产生好感。"

听到这话,春代想起了一件事。想当年,荣一在认识她的第一天便难为情地说:"嫁给我好不好?"总而言之,他就是个单刀直入的人。

之后,他还去品川站附近转了一圈,找了间候选的店面。那地方原本是当仓库用的,除了面积够大,没有任何可取之处。要是放任老公瞎搞,他绝对会闭着眼睛一路往前冲,所以春代陪着他一起去看房。

"这地段不太好吧?在小巷子里,人流量也不大。"

"放心,窗帘店又不是书店或餐馆,不是那种走着走着一时兴起随便进去逛逛的地方。客人都是带着明确的目的来,只要传单发到位,自然会主动找过来。挑二楼的店面都没问题。"

荣一胸有成竹。春代持怀疑态度,但又懒得多管,便没有插嘴。

抬头望向天花板,只见管道和电线裸露在外。把视线往下一挪,映入眼帘的是光秃秃的混凝土墙壁。室内装潢怕是要花上一大笔钱。大概是春代的神情暴露了心事,荣一看着天花板喃喃:"到时候直接走 Loft 风,不用大改,只需要铺一层全新的木地板就能开张啦。"

"老公,这个铺面的保证金要多少?"

"两百万。"

"瞧你这轻描淡写的口气⋯⋯"

"金融信用合作社的贷款已经批下来了,没问题。"

春代皱起眉头。"这么快就批了?连担保都不要?"

"只有城里的大银行才看担保，小地方的信用社还是看人。我把业务计划书拿给一直接待我的业务员看，他立马说，'大山先生看准的生意绝对靠得住'。"

春代轻轻叹了口气。荣一并不是口若悬河的哄骗高手，恰恰相反，他说起话来显得很木讷朴实。但正因为他不会说大话，银行那边才格外喜欢他。

"上次贷款的时候，我不是也没赖账，乖乖地还钱了。个人信用就是这样一点一滴积累出来的。"

"哦，是吗。"春代无力地应付道，心里却认为用"诚实的骗子"来形容我家这口子真是再合适不过了。

荣一当着春代的面付了定金，在意向书上盖了章。这下是真的没法回头了……焦虑在她心中打转。算了，让他去吧，反正是小生意，就算栽了也不会大伤元气，所以银行才愿意借钱给他。春代心中的另一个自己如此宽慰。

后来，夫妻俩还开车去沿海地区视察了一番，顺便兜个风。果然如荣一所说，那里有好几栋正在施工的高层公寓，直指蓝天，好似聚集在油田四周的守财奴们，虽然她并没有见过油田。

"你看，住在这一带的每一户人家都是要买窗帘的！"

荣一激动得满脸通红，声音中透着一股兴奋劲。副驾驶座上的春代沉默不语，仰望着一栋栋公寓楼。真想当那个买窗帘的人啊……想到这儿，她叹了一口气。

当晚，春代接到了一通电话，是女性杂志的编辑打来的。春代昨天发快递过去的随笔连载的插画已经收到了。在电话中，他对这次的作品赞不绝口。

"我觉得您这次画得特别棒。"

这个男编辑平时很少说奉承话，所以春代打心底感到高兴。

"我也说不清楚到底好在哪里，就像您突破了自身的极限。"

"哪有这么夸张。"

"一点也不夸张。比如用色，乍一看有点粗暴，其实果断得很。哎呀呀，我跟您合作一年了，没想到会在这个时候发现您不为人知的一面。"

编辑兴高采烈，把春代吹上了天，最后感谢她绘制高质量的插画，然后挂了电话。

春代的嘴角泛起微笑。其实刚画完的时候，她还担心这次是不是太大胆了。

"哟，怎么？接到什么好消息啦？"刚泡完澡的荣一问道。

"编辑表扬了我的画。"

"哦，不过你是画得不错。"他打开冰箱，拿出啤酒。

喂，我可是专业的，好吧！春代对着丈夫的背影狠狠瞪了一眼。

她把身子深深埋进沙发，举起双手，伸了个懒腰。年岁在增长不假，可赞美总是不嫌多。

2

地下停车场的本田雅阁轿车神不知鬼不觉地变成了面包车,而且还是带车顶置物架的商用单厢车。最要命的是,车身上喷了一行大字——"大山窗帘地毯店"。

"这么大的事,你怎么不跟我商量一下?"春代板着脸跟荣一抗议。

"哎呀,这辆车是在七号环线边上的二手车行找到的,真是挖到宝了。你算算,用开了五年的雅阁换,车行还给换了一套全新的轮胎,又配上最新的导航系统。做我们这一行,导航仪是一定要有的。"

老公一副从容不迫的样子。

"你辞职之前,我会趁你上班不在家的时候开车去多摩川兜风散心啊。"

"没问题啊,店里不用车的时候,你也可以随便开。"

"你让我开一辆写着'大山窗帘地毯店'的车去兜风?"

"顺便宣传宣传嘛,多好。"

春代无声地骂了句"混蛋"。"连店名你都自说自话地取好了。"

"嗯,我想了好几个备选的,还有时尚的外语名字呢。想来想去,还是觉得简洁明了最重要。"

其实,春代也偷偷构思了几个店名,如果有必要,她甚至愿意帮忙设计个 logo 什么的。

"不过，我打算在招牌上印一行醒目的英文字母，'K&K OYAMA'。毕竟软装走的是 Loft 风格，要看起来帅气一点才行。"

"窗帘的英文首字母是 C 吧。地毯大概也是。"

"啊？是吗？"荣一从包里掏出电子字典，按了几个键，"哇，还真是，两个单词都是 C 开头。那就是 'C&C OYAMA' 了。呼，还好发现得早……不对！制作招牌的订单都下好了！"他连忙掏出手机。"喂，我是昨天上门订购招牌的，叫大山——"

春代闭上眼睛，摇了摇头。以前好像也有过这么一出，公司的名字叫"大山配送服务公司"，可英文名有明显的拼写错误。荣一的脑子里压根儿没有"检查"这个概念。小时候他一定是个解完算式以后从不验算的家伙。

又过了不到三天，荣一连店员都雇好了，而且一雇就是两个。春代是在店里得知这件事的。那天，她听说木地板铺好了，便决定去看看情况，结果荣一不在，却见到了一男一女两个陌生人。男的是个四十出头的油腻中年人，女的打扮朴素，颇有些剧团演员的派头。

"请问……我老公在吗？"

"啊，您是大山店长的夫人吧？店长去批发商那儿了，应该很快回来。"

男店员大声回答。他留着这年头非常罕见的层次分明的卷发，还染成了浅棕色。说他是歌舞伎町的资深牛郎都有人信。

"我姓沼田。店长把他的想法都跟我们说了，我也觉得这家店一定会红火。专做新公寓住户的生意，这点子真是太妙了。而且他都想好了，捞一票就走，不会一直开着。这种干脆痛快的作风，我也非常佩服。"

"哦……"

这个叫沼田的男人一把年纪了，皮肤却异常黝黑，大概平时会去美黑沙龙照紫外线灯。他手上戴着块金表，闪闪发光，貌似是劳力士。

"其实吧，我也想开家店来着，没打算长做，跟店长的需求正好对口，哈哈哈……"

沼田张大嘴巴，哈哈大笑。春代心想，天啊，我可不想放这种人进家门。她把视线转向女店员，对方貌似天生缺了几分和蔼可亲，连自我介绍都懒得做，一门心思整理文件资料。而且女店员素面朝天，没有化妆，之前肯定是飞特族。

等着等着，荣一回来了。"哟，你来啦。怎么样？这地板不错吧？"

春代默默抬起下巴，把荣一带进靠里的办公室。"老公，你要雇人也得先跟我打招呼啊。"她双手叉腰说道。

"我这不是看你忙嘛……"

"我是很忙，但帮你看简历的工夫还是有的。只要你开口，我还能抽空陪你面试呢。"

"是吗？那下次一定找你。"

春代没吭声，而是伸手揪住了荣一的耳朵。"哇哇哇！"疼得他眉头都皱了起来。

"我顺便问问你，你为什么选了那两个人？"

"因为他们是头两个来面试的。"

春代仿佛泄了气的皮球。荣一就是不会看人，因为他太包容，无论对方是谁都能敞开胸怀接纳。

"沼田原来是开小酒馆的。那个女孩子叫冢本，是现役的剧团演员。"

"居然被我猜中了。"

"啊？"

"没什么。因为你招的是短工，所以来应聘的人也有限吧？"

"对对对。"

还"对对对"呢。既然是短工，干吗不找身份可靠的学生？既省心，薪水又低。话都到嘴边了，却被她硬生生咽了下去。她决定帮忙布置一下。不能不管，整个家的未来都押在这家店上了。

她和老公一起抬，才把沉甸甸的地毯竖起来靠在墙上。不一会儿，她便浑身发烫，止不住地出汗。她都好久没干过体力活了。在荣一的指挥下，两个店员也开始埋头陈列商品。

沼田力气不小，但拿放商品的时候比较马虎，大概是生性粗枝大叶。喂，就不能小心点吗？这话差点脱口而出。春代转念一想，自己只是店长的老婆，多管闲事总归不太好，还是忍忍吧。冢本差远了，扛一块小小的地垫都直晃悠。她本就长得阴沉，乍一看仿佛被强迫劳动的苦工。

行不行啊……阴霾笼罩在她的心头。下周就要开张了，要不这阵子还是来店里帮帮忙吧。

那天晚饭后，春代准备开工，谁知两条胳膊的肌肉酸疼肿胀，连握笔都成问题。但她还有一张明天午休前必须交稿的插画没画好，想休息都不行。

"今天辛苦你啦，一起喝点啤酒不？"刚泡完澡的荣一单手拿着啤酒，探头问道。

"别来烦我，一边去。"春代不理不睬。

她铆足了劲，对着绘图纸构思创意。她要画的是面向家庭主妇的杂志特辑插图。编辑是这么说的："主题是'想要炫耀的客厅'，可以自由发挥。"

"自由发挥"才是最难的，有决定权反而是一种压力。

春代靠在椅背上，闭上双眼。几秒钟后，她忽然发现，周围一下子变得安静了。咦？收音机明明开着啊。

身子都变轻了，有种不可思议的飘浮感。这时，她睁开眼睛。因为一幅完整的画从天而降，每个角落都清清楚楚。

她连打草稿的耐心都没有了，立刻在调色盘上挤了几种广告颜料，直接往雪白的绘图纸上画。这种事情可是开天辟地头一遭。色彩的世界逐渐丰满起来，与她想象中的画面分毫不差。春代专心致志地画啊画……

回过神来才发现，三个小时过去了。看到墙上的时钟，她才知道自己画了这么久，完全没意识到时间的流逝，仿佛直接从 A 地瞬间移动到了 B 地。

一看到桌上的成品，春代便激动不已，因为一幅足以让人起鸡皮疙瘩的杰作就展现在眼前。哦哦哦！她在心中高呼，这绝对是她入行以来最得意的作品。

她真想找个人分享此刻的喜悦，便冲向卧室，却见荣一张着嘴巴，呼呼大睡。

"喂，快起来。"她踹了老公几脚。

"干嘛啊……"荣一含糊不清地应着，眼睛只睁开了一条缝。

"你看啊，这画是不是棒呆了！"她跨在老公身上，把插画举到他眼前。

"唔唔……你就为了这个……"

见他丝毫没有惊讶的神色，春代给了他一记耳光。

"好痛啊，反对家暴！"

春代心想，对如此不懂艺术的粗鲁男人抱有期待，也只是徒增失望。她走出卧室，但兴奋劲儿还没过去，便从冰箱里拿了罐啤酒，在客厅一口气喝完。然后，她心满意足地往沙发上一躺，只觉得眼前豁然开朗。

她把插画立在桌上，看了又看。埋没多年的天赋令她惊叹不已。

编辑给的反馈完全符合她的预期。由于这幅画的质量实在太高，编辑表示想把它用作特辑的扉页图，稿费也会额外多给一些。平时只通过电话和邮件联系的编辑甚至特意赶到了春代住的街区，说是"偶尔也要当面问候一下"，于是她便去了车站前的咖啡厅。

"大山老师，我感觉您好像更上一层楼了。"编辑心情极好，"不认识您的人看到了，肯定猜不出那是您画的。"

"瞧您说的……"春代苦笑着摇头，这当然是谦辞。

"不不不，搞创作都是这样，会在某个时间节点突然蜕变。也许现在就是您蜕变的时候。"

"我都三十四了。"

"我跟您说，大器晚成的人才是真的有才华。年少成名的插画师是不少，可这种人过气得也快。从这个角度看，您才是真正的插画家！"

奉承话听多了，春代都有些当真了。说不定她真能摇身一变，成为风靡市场的插画师。

"不过我进编辑部才一年多。前辈们都说，您早就时不时展露出过人的才华了。"

"啊？有吗？"春代皱起眉头，这话她可是头一回听说。

"大伙儿都说您会周期性地画出让人眼前一亮的作品，在我们部门可是小有名气呢。看来创作者果然是凭本能画画的。"

春代陷入了沉思。被他这么一说，好像是有那么回事。她会时不时灵光一闪，做些大胆的尝试。这些作品中的确有她说不清好坏的，但也有不少得意之作。

"说句不怕冒犯的话，我本来觉得您这半年没画出什么新意……当然了，这都是后话。"

春代有些不爽快，她觉得自己的作品至少都是中上水平。

"啊，对不起，我不是说那些画不好，只是最后的效果都在意料之中……"

"嗯，也许是吧。"

"我们做编辑的都渴望惊喜，天天盼着看到新东西。所以一收到您寄来的杰作，我就开心得要命，赶紧过来慰问您啦。"编辑边说边拿起放在地上的纸袋，"这是馥颂的饼干，边画边吃正好。"

"哇！"春代一声欢呼，鼻子随即一酸。

在感动的同时，一股勇气涌上心头。没放弃这份工作真是太明智了，人生就该活出意义。

回家后，春代打开收纳老作品的画夹。编辑说她总是"周期性地画出让人眼前一亮的作品"，这让她很在意。

不翻不知道，一翻着实让她吓一跳。"冒险"的时期和"不冒险"的时期的确有明显区别。

怎么会这样呢？春代望着窗外的景色，陷入沉思。

忽然，她冒出一个念头，查阅了得意之作的绘制时间。杂志的插画都有明确的月份，小册子也会在页面顶端用小字标出发行日期。

画这幅图的时候，我在干什么来着？前年夏天……对了，正好是荣一离开租赁公司，筹备外卖跑腿公司的时候。还记得老公不打一声招呼便鲁莽行事，害得她只能生闷气。

还有一幅很不错的，是她的毛笔画处女作。三年前的秋天……想起来了，不就是荣一辞掉服饰公司的工作，嚷嚷着要开同学会组织代理公司的时候吗。

春代对着摊开的画夹，眉头紧锁。这……呃，只是碰巧吧。

她又看了看其他作品。然而每次顺着记忆摸索，想起来的都是和荣一有关的种种。佳作连连的时期，总是和荣一辞职创业的时期高度吻合。

这奇妙的巧合究竟是怎么回事？难道荣一创业还能激发自己画出好作品不成？就凭那个盲目冒进的老公……

春代愣是想不出一句合适的感想，对着画夹发了一个多小时的呆。

3

荣一的店铺终于迎来了开张的日子。春代在家坐不住，就去店里帮忙。大伙儿提前去已有人入住的公寓和公营住宅区派发开业大酬宾的传单——那是春代操刀设计的手绘传单，荣一让冢本设计的第一版简直跟地下剧团的大字报没什么区别，春代实在看不下去，只能出手相助。

"有客人来就好啊……"老公已经不是第一次创业了，可春代还是很紧张。要是这次能成功，就买房、生孩子。不知不觉中，春代竟然开始勾勒未来了。

"总会有人来吧。"荣一倒是镇定得很。

"一定会有人来的。会有一大群人拿着钱包来的，哇哈哈哈哈……"

沼田张着大嘴哈哈大笑。春代就是看这个粗俗的男人不顺眼。他不会把店里的钱卷走吧……连这种不吉利的念头都冒出来了。

窗帘店的第一位客人是这栋楼的所有者，也就是房东。看上去很温厚的老夫妇鼓励荣一道："好好干！"顺便买走了一块门垫。看来他们很喜欢荣一。连老东家的社长都送了花篮。这个老公，只有人望顶呱呱。

房东走后，店里就彻底冷清下来。从门口路过的不是上班族，就是女白领。也难怪，毕竟品川站前既没有住宅区，又没有商店街。

春代走到门外的马路上，上下打量了一番。布置得还不错，特价甩卖的地毯竖着放在门口，看着还挺热闹。只是店员多过头了，没人做伴的话，怕是很难鼓起勇气进来。荣一走到她身边问道：

"要不去拉拉客？"

"说什么傻话啊？先别折腾了，店员太煞风景，没客人的时候，最好让他们去里面的办公室待着。"

"好，我这就吩咐他们。"

"话说你干吗要雇两个人？"

"因为地毯很重，必须两个人一起抬。而且出去送货的时候，也得有人看店吧。"

"那你只要在送货的时候雇个学生搭把手不就行了。"春代用责备的口吻说道。

"对哦，也是。"

她的头都疼了。得先让沼田走人，最好把冢本也换掉。

"我说你啊，得把气质好的小姑娘放在路人看得见的地方，你先躲在里屋，一边处理杂务一边等。有客人来了，你再出去推销商品。不这么做怎么行！"

"哦，那就把冢本安排在收银台。"

前提是她的气质够好啊——春代愣是把这句话咽了回去，叹了口气。不用担心老公拈花惹草当然是好事，可荣一对女人也太博爱了。

春代还有自己的工作要忙，却在店里上上下下忙活了一整天，只接待了几组来自公营住宅区的家庭主妇，买的还都是特价商品。开业第一天的销售额还不到五万日元，春代越来越担心。

唯一让她佩服的是荣一讨人喜欢的本事。就在主妇们叽叽喳喳地挑选商品时，荣一迅速与她们打成了一片。难怪他无论去哪家公司做销售都会受重用，因为大家不会对他起戒心。

"到了下星期，运河边的高层公寓就交房了，那是我们的第一场硬仗。有五百户人家要入住新房，能争取到其中的一成，生意就很红火啦！"

荣一依然乐观。

"没错没错，捞完一票赶紧跑！哈哈哈！"

沼田挺起胸膛笑道。冢本还是沉默寡言，闷头处理订单。

回家后，春代开始画画。创意接二连三浮现在脑海中，只花了两个小时就把编辑部委托的五幅图搞定了。那感觉好像原本波涛翻滚的湖面逐渐平静下来，如明镜般照亮思绪。最关键的是，这几幅图都画得极好。她能感觉到下笔时没有丝毫的犹豫，整张图气势十足。

这下大概又要成为编辑部的焦点人物了。春代心情大好，不禁哼起小曲，激动到难以自已。

"哟，挺开心的嘛。"荣一来画室探班，"都哼起小调来了。"

"你看你看，这幅画得怎么样？"

"是你画的？"

"不然还能是谁画的！"

"附在你身上的幽灵之类的。"

"说两句中听的不行啊？"

春代用轻蔑的眼神瞧着他说道。但这句玩笑同时引发了她的思考：幽灵什么的太扯了，可的确有某种东西从天而降，注入身体的感觉。把这种事情藏在心里未免可惜，于是她决定告诉荣一，自己最近的工作状态特别好。作品的灵感总能自然而然地涌上心头，而且翻了翻过去的得意之作，竟发现状态好的时候与荣一的创业期惊人地吻合。

"这肯定是因为我们是夫妻，脑电波能同步，我的创业精神激发了你沉睡多年的天赋。"

荣一得意扬扬地说道，表情仿佛在说"还不快谢谢我"。

"我可不这么觉得，肯定是老天爷给我留了一条活路，这样就算你栽了跟头，我也能一个人活下去。"

春代回了一嘴。荣一像松本清张似的，噘着下嘴唇出去了。

刚才那句话是无心之谈，春代却越想越觉得，也许真被自己说中了。她凭本能察觉到了家庭正面临着危机，所以潜意识里想靠自己的本领弥补。不过就算荣一创业失败了，她也不会主动提离婚。说她深爱着丈夫好像有点夸张，只是身边没有荣一的话，日子就太冷清了。

不管怎么说，能画出心满意足的作品，心情总归是好的。说不定有朝一日，还能画个杂志封面——春代在甜美的幻想中荡漾了片刻。

在文艺界，一旦拿出过人的作品，创作者的电话号码便会瞬间传开。这不，已经有眼尖的编辑和制作公司的总监找春代约稿了，她甚至接到一份画广告海报的工作。海报是竞标用的，甲方还没有正式决定用哪家广告公司。要是中标了，春代绘制的海报就会被贴在大街小巷以及大大小小的车站。

毕竟是千载难逢的机会，春代想不激动都难。说不定自己这下真的要火了。这次邀约让她切身感觉到了这份工作的意义，着实让她高兴。当了这么多年的陪衬，总算有人在她面前铺上了红地毯。

春代本想在家专心工作，无奈白天总惦记荣一的生意，于是决定去堆着纸板箱的窗帘店仓库构思草案。

"老婆，碎花和蕾丝窗帘的需求量好像很大，要不要多进一点货？"荣一动不动就来找她商量。

"只是碰巧连着来了几个喜欢梦幻风格的主妇，这种客人兜里没几个钱，不用围着她们转。"

"女人对同性可真苛刻。"

"先别管这些了，别忘了推销贵一些的货。在桌上放几本外国的高档家居杂志，给客人参考参考也成。"

"有道理！我这就让冢本去买。"

思路老是被打断，工作进度堪忧。

"话说运河边的高层公寓已经交房了吧。有没有人来买啊？"

"不如预计的多,真是奇怪,明明每户人家的信箱里都塞了传单……"

"你真能沉得住气啊……"春代皱起眉头,"还不去查查人家都去哪儿买。有竞争对手,就得尽快制定对策。"

"嗯,好。"荣一仿佛挨了骂的孩子,点了点头。春代甚至冒出了自己当店长的念头。

后来,荣一抓住一户正忙着搬家的人,直接打听了一下,令人惊骇的事实浮出水面——原来某大型家具连锁店跟那栋公寓的售楼公司有合作关系,在交房前给住户们派发了窗帘的打折券。

"那个家具店给样板房提供了全套家具,开出的条件就是回头让他们分一杯羹。买窗帘的时候,大家肯定也会顺便看看家具之类的。"荣一挠着额头说道。

春代顿感后背一凉。为了开这家店,已经砸下去几百万了,要是赚不到钱,就只剩一屁股的债。

"真是英雄所见略同,百货店好像也寄了广告单。"

"我说你啊,别在这儿说风凉话了,还不快想想办法!"春代下意识地抬高了嗓门。

"办法当然已经想好了。"

"什么办法?你倒是说来听听。"

"嘿嘿嘿。"荣一露出天不怕地不怕的笑容,昂首挺胸,抱起胳膊,"你想听?"

"卖什么关子，还不快交代！"春代拿起橡皮扔过去。

荣一说出的反攻计划是量好新公寓的窗框大小，提前做好尺寸合适的窗帘。因为最近的新公寓用的都是特殊的窗框尺寸，现成的窗帘没法用，需要定做，等一个多星期再正常不过了。而在等货的时间里，住户只能过没窗帘的日子。

"窗帘这东西，大家肯定是希望搬家当天就能到位，不是吗？所以我们要大力宣传'本店有专为您家的窗户量身定制的窗帘'！"

荣一胸有成竹。春代万万没想到，他已经冲去正在搬家的那户人家，把尺寸都量好了。

"你这法子……风险也太高了吧。"

"风险嘛，多多少少是有一点。但提前准备的仅限于好卖的遮光窗帘，专挑米色、灰色这种常用的颜色，至于蕾丝窗帘，客人应该也不会太挑剔……"

"可卖不出去不就完蛋了？尺寸都是定做的啊。"

"这种时候就得赌一把。"

"你总是说得轻巧……"

春代把无数牢骚吞回肚里。诚然，提前做一些尺寸刚刚好的窗帘，有急用的客人一定会欣然买下。可客人要是看不中，东西就卖不出去了，预估订单量的风险实在太大。

"我这次量的是户数占比最多的户型，要不先备个五十套？"

"这么多套要花多少钱？"

"估计有加急费，大概三百万吧。开张期票就行了。"

"你初来乍到，谁肯收你的期票。批发商做的也是现金生意吧。"

"求人家通融一下，船到桥头自然直嘛。"

"唔……"

春代仰望仓库的天花板，沉吟起来。凭荣一的本事，他还真有可能搞定。在求人办事方面，他的水平可是一等一的。

"我去试试，凡事都要勇于尝试嘛。"荣一马上就要走。

"慢着，还是做三十套吧。"春代说道。没办法，人生在世，这点风险还是要承担的。而且插画那边顺风顺水，就算荣一栽了，她也能把这个家撑起来。想到这儿，她对自己喊了一声"加油！"。

春代把身子深深埋进钢管椅，闭上双眼。说时迟那时快，海报的构想如烤墨纸①般涌现在眼前。

哇哦！她不禁喊出了声。说不定，我真的是个天才！

4

春代把耗时三天完成的作品拿给制作公司的人看。穿着

---

① 日本的一种传统忍术，用隐形墨水在纸上写字，纸一经加热就会浮现字迹。

POLO衫，还特意竖起衣领，散发着"圈内人"气场的总监顿时兴奋得手舞足蹈。

"就是这样，我要的就是这种感觉！哎呀呀，找大山老师真是太明智啦！"

在场的设计师也被她的作品震撼了。

"嗯，真不错。创意新颖，却没有自命不凡的感觉，足够平易近人，普通人也能接受。"

这称得上是最顶级的赞美，春代笑得都停不下来了。

"这幅作品花了几天？"对方问道。春代骗他们说"一星期"，还是给人一种这幅画来之不易的感觉为好。可即便如此，对方还是惊呼："这么快！"

毕竟是竞标用的，稿费只有十多万日元，但对方明确表示，一旦中标，报酬会翻好几倍。广告界就是不一样，真阔气。要是能乘胜追击，继续开拓新天地，年薪千万都不是痴人说梦。

回到阔别三天的店里一看，窗帘的生意居然很不错。

"真的假的？"不太礼貌的感叹脱口而出，她已经养成了不对荣一抱有期望的习惯，没想到事情能进展得如此顺利。

"要等一个多星期果然是顾客的痛点。一发传单，宣传'本店有适合这栋公寓的定制窗帘，现买现用'，生意马上就来了。"

"呵……"一时间，春代难以置信。

"而且我一咬牙一跺脚，定制了一批高档货，这步好像也走对了。如果是便宜货，顾客肯定会犹豫。刚买的新房子，挂粗糙的廉价窗帘多煞风景啊。"

"哦……"

"蕾丝窗帘也卖得超级好，很多客人先买套蕾丝的挡一挡，厚的另外定做。"

"到底卖了多少？"

"大概有一百多套吧。"

"哪儿来的这么多存货？不是只定了三十套吗？"

春代厉声质疑，荣一却大大方方地回答："我偷偷搏了一把，没跟你说。"

春代只觉得浑身都软了。我家这位就没有"自己走了一步险棋"的紧张感吗？

去仓库一看，只见沼田和冢本忙得满头大汗。沼田一改装腔作势的发型，剃了个平头。冢本却化了淡妆，多了几分女人味。春代心想：哎哟，真是小瞧你们了，对不起。她在心中向两人道歉。看来窗帘店已经逐渐走上了正轨。

不过话说回来，还是做生意来钱快。光是这一批订单，应该就有数百万的利润，跟自己勤勤恳恳画插画的收入没法比。

"这招真好用。家居连锁店和百货店不会冒险备货，根本没人跟咱们竞争。"

"嗯，好像是……"

"还在卖的房子有样板房，我准备去看一看，把窗框的尺寸量一量。夫妻俩一起去不容易暴露，要不你陪我去吧？"

"嗯,好。"

春代好久没听从过荣一的指示了,竟下意识地把尊敬的目光投向拉着她走的老公。

夫妻俩在兜里藏了卷尺,来到那栋公寓的样板房。据说公寓快完工了,是双塔楼,每栋四十层,总共一千两百套房子。在东京都内,这也是首屈一指的规模。

两人先在接待处填了问卷。也许他们看上去像潜在客户,只见销售员搓着手朝他们走来。

趁着春代应付销售员的工夫,荣一掏出卷尺量窗框。他是当着销售员的面量的,但对方并没有起疑心,说不定反而给人留下了"真心想买"的印象。

在参观样板房的时候,春代越看越心动。这一间做画室,那一间留给以后的孩子……光是想象这些画面,她便心潮澎湃。三室一厅,总价七千多万日元。对现在的他们而言,这样的房子的确遥不可及,可窗帘店要是发展顺利,还是很有希望的。几百万的利润不是一下子就有了吗?如果能争取到这座公寓的两成住户,他们至少能分到一千多万的利润。照这个架势继续开拓新公寓的话……

"老公,这房子我好喜欢啊。"春代一反常态,撒着娇,摇晃着荣一的胳膊说道。见状,销售员两眼放光,立刻凑了过来。

就在这时,荣一对人家说了一句话:

"其实吧,我是卖窗帘的,店就开在品川站前。"

啊?你说这些干什么!春代顿时急了。"阴谋"一旦败露,被赶出售楼处都是有可能的。

"恕我冒昧,咱们能不能聊点生意上的话题?我的提议对贵公司应该也没坏处。"

荣一嘴角挂着笑。他长了张娃娃脸,不知道的还以为是菜鸟销售员在上门推销呢。

对方的脸色当然变了,神色中既有失望也有戒备。失望是因为自己接待了半天的人居然不是"顾客",戒备是因为不知道荣一会说出什么话来。

荣一如实告诉对方,他开了家个体商店,正面竞争肯定拼不过大公司,所以采取了预估销量、提前备货的方针,而且已经在其他公寓实践过,好评如潮。

"我们有个提议。我觉得吧,公寓里有那么多套房子,不一定能一下子卖光。至于卖剩下的,贵公司肯定会加上各种各样的优惠,再卖一轮对吧?您看这样行不行,只要让我们量一下每个房型的窗框尺寸,我们就愿意免费为卖剩下的房子配窗帘。另外,再请贵公司在跟顾客签售楼合同的时候,顺便发一下我们的传单……"

"哦……"事出突然,销售员好像有点蒙。

"如果贵公司已经有合作的厂商了,那也不勉强……"

"不不,应该没有。但是这么大的事,我拿不了主意……"

"没关系,您尽管跟上司商量。我们也可以在明天出具一份书面提议。贵公司只管发传单,无须推销窗帘,所以不必承担和商品有关的责任。我觉得这项提议对贵公司是完全没有坏处的。"

"哦……也是。"

"这种事应该没有先例,但我们这样的个体户不做到这个份上,就活不下去了,还请贵公司认真考虑一下。"

荣一深鞠一躬,春代赶忙照做。见状,连销售员也弯下了腰。

哦,原来如此,"单刀直入"就是这么回事。我老公就是这样钻到人家心里去的。春代仿佛重新认识了"大山荣一"这个人。

"那我们先告辞了。"

"啊,哦……"春代下意识扮演了一个顺从的妻子。

两人再次鞠躬,离开售楼处。春代跟在荣一身后,丈夫的背影显得如此可靠。结婚以后,她还是头一次产生这样的感觉。

公寓的销售公司转天便接受了荣一的提议,一切顺利得不可思议。那边还特意派人来店里看了看,然后就点头了,又签了一份简单的意向书。如果卖剩下好几十套房子,那窗帘店的损失就太大了,所以双方商定了免费送窗帘的户数上限。谈话的气氛十分融洽，对面的销售负责人甚至开起了玩笑，说："等你做完这笔生意，就来我们公司吧。"荣一果然是块做销售的料。

第二天，春代的海报落选了。

"咱们好像是陪跑的，估计是中标的那家给了回扣吧。大伙儿都无言以对，挑了半天居然挑了一张那么无聊的海报，这一行净是脑子不灵光的人！"

设计总监在电话那头一通抱怨。

"哦，这样啊。"

她不想附和对方老练油滑的说辞，便敷衍了一句。虽然对方表示"下次有机会，我们一定找您"，但春代告诉自己，这话靠不住。不知为什么，当初的激情已经消失了。

那感觉，就像是原本冒出的尖头一点点软了下来。好似刺猬收起了一身的刺，又仿佛方方正正的奶酪在缓缓融化，她的心境变得圆润了。

不可思议的是，她并没有太多的不甘心。明明是拼命画出来的海报，她却十分释然：没中标就算了吧。

她的兴趣转移到了别处。比如今晚要做些什么菜。荣一回来的时候肯定累坏了，得做些好吃的犒劳他。冰箱里有猪肉，要不做个咕咾肉吧。再弄个鸡蛋汤，还有裙带菜沙拉……

在做饭之前，她先坐到了画纸前。毕竟还有没完成的工作——是给杂志的插画。

春代闭上眼睛，等了二十多分钟，却没有任何东西从天而降。

唉，结束了。她自顾自地苦笑。下一次灵感到来，会是什么时候呢？

她给还在店里的荣一打了电话。"今晚吃咕咾肉行吗？"

"嗯，好啊。不要青椒。"荣一悠闲的语气一如既往。

"你几岁了？给你换成甜椒吧。"

"甜椒是什么来着？"

"是差不多的蔬菜。老公，店里的生意怎么样？"

"好着呢，好着呢！订单接到手软。对了，我今天去别的售楼中心谈了一下，对方很感兴趣，说是会考虑考虑。"

"卖窗帘是不是你的天职啊？"

"怎么可能呢，我准备按原计划来，捞完一把就关门。"

"关门以后干什么？"

"干别的呗。"

算了，让他去吧。反正到时候，又会有新的灵感降临在她身上。

"打烊了就回来哦，别瞎跑。"

"嗯，好。"

春代挂了电话，幸福感涌上心头。

她起身走向厨房。

妻子与糙米饭

1

每天的主食变成了糙米饭。这是因为老婆迷上了"乐活"①。

四十二岁的大冢康夫是小说家,在家里开辟了一间书房。所以他平时吃的东西以妻子里美准备的饭菜为主。比如猪肉生姜烧、炸鸡块、肉扒之类。这些菜基本是两个正在长身体的儿子要吃的。里美总是像圣母马利亚那样,温柔地接受他们的要求,去厨房两三下便把菜做出来。

顺便一提,炸鸡块和肉扒都是现成的冷冻食品。里美在车站前的补习班打零工,做些行政工作,用于家务的时间非常有限。康夫对这些并没有异议,孩子们也从来没在吃的方面提过无理要求。

谁知到了今年,情况发生了翻天覆地的变化。康夫获得了

---

① LOHAS,全称是 Lifestyles of Health and Sustainability,意为以健康和自给自足的主旨生活,是一种新兴的可持续生活方式。

某个知名的文学奖，有了第一本畅销书。消息一出，之前出版的文库本也成了热销品，令人难以置信的巨款开始接连汇入他的银行账户。可谓惊天大逆转，实现了咸鱼翻身。

起初，他都是战战兢兢地取点钱出来，去夏威夷旅游，或是去银座吃个寿喜锅之类，一家四口小小地奢侈一把就差不多了。然而，当账户余额足以买下一栋独门独院的房子时，妻子第一个"膨胀"起来。

"孩子他爸，我能把工作辞了吗？"

"当然可以。"

里美先结清了房子的贷款，然后买回一堆教人如何运作资产的书，搞起了信托投资。之后，她在消费的时候变得越来越讲究。可能是因为选项变多了，每买一样东西都要摆出几条大道理。

最先触动里美心弦的，是一种叫"有机棉"的东西。据说普通的棉花在种植、纺织与加工的过程中会用到大量的化学药剂，对环境不好。而使用无农药有机栽培的棉花做的产品，就等于为环保做出了贡献。

"你看，这条毛巾没用柔顺剂都那么软。"里美如此感叹。康夫当然不懂这些，但还是本着夫妻要相互尊重的原则点了点头。他问："这个多少钱？"老婆却只回答了一句："很实惠的。"

为了买这种毛巾，她开始频繁光顾某自然用品商店，渐渐地，便跟其他顾客熟络起来，经人介绍上了瑜伽课，又莫名其妙地参加无农药蔬菜的团购。在夫妻俩的对话中,"乐活"这个词出现的频率越来越高。终于,糙米饭以压轴的架势在大冢家的餐桌上登场了。

所谓"乐活",就是"追求健康与可持续的生活方式",据说是九十年代后期在美国诞生的概念。

康夫叹了口气,大口大口地嚼着干巴巴的糙米饭。饭粒混着稻壳,色泽也不太诱人。孩子们毫不掩饰心中的不满,强烈要求换回白米饭。

"你们要细嚼慢咽。像这样,多嚼两下就会有甜味出来,还能感觉到谷物特有的香味。不去皮,把食材里里外外的营养成分都吃进去,这就叫'乐活'。惠介,洋介,如果有人要扒你们的皮,你们乐意吗?"

母亲荒唐的反问,让这对上小学五年级的双胞胎兄弟噘起了嘴,一脸的不服气。

康夫也不太情愿,但还是接受了现实。他过惯了不注重健康的生活,腰上满是赘肉。定期体检的报告也显示,他的内脏脂肪含量超标了,干脆利用这个机会减减肥吧。妻子的消费行为固然教人头疼,但总比沉迷于香奈儿、爱马仕之类的奢侈品好多了。

第一次吃进嘴里的糙米饭特别硬,可能是米粒的芯子还没煮软,还有股米糠特有的怪味。听到里美嘟囔"糙米饭真不好煮啊……",康夫便安慰道:"第一次能煮成这样已经不错了。"

才吃一碗就觉得饱了，一定是因为每一口都嚼了整整二十次。

康夫每天早上六点起床。半年前家里养了一只狗，所以他早上必须带狗出门遛弯。对于养狗这件事，孩子们自然是举双手欢迎，康夫也不反对，但想养柴犬的意见被里美驳回了。最后，一身松软长毛的金毛寻回犬成了大冢家的一员。狗的名字叫"弗雷迪"，是里美起的，因为它长得像皇后乐队的主唱弗雷迪·默丘里。

外国狗总有几分"富家子弟"的风范。要是踩着拖鞋，穿着运动服牵着它出门，狗反而像主人，他倒成了仆从。无奈之下，康夫只能一大早就穿上西装裤和开衫，配一双阿迪达斯的网球鞋。

里美指定的遛狗路线途经一片宽阔的河滩，养狗的街坊们都会去那里。河边的工厂旧址新建了车站和大规模的住宅小区，一下子多出不少三四十岁、携家带口的居民。来河滩的人以新居民为主，小区里开辟了绿地，楼距也宽阔，价格自然偏高，所以居民的收入属于中上水平。Queens 伊势丹超市[1] 也是看中了这一点才把门店开过来的。

"大冢先生，早啊！"与康夫年龄相仿的佐野夫妇跟他打

---

[1] 三越伊势丹集团旗下的高端食品超市。

招呼。

"早上好。"康夫也友好地点头示意。

佐野先生是广告公司的老板,妻子优子是家庭主妇,外形亮眼,原来当过模特。家里也有两个孩子,一个上初一,一个上五年级。总而言之,佐野家和大冢家十分相似。

连狗都是同一个品种。其实,里美买狗的宠物店就是优子夫人介绍的。瑜伽班也好,无农药蔬菜也罢,都是优子夫人带她入的门。换句话说,优子夫人是里美的"乐活"前辈。

"今天,里美太太去不去上瑜伽课呀?"优子夫人问道。

"嗯,应该去吧。"

"原宿分校的呼吸法老师要特地过来讲课呢。"

"哦,是嘛。"

"大冢先生可以自由支配时间,也一起来上课不是很好嘛。"她眯起眼睛,露出一个清爽的微笑。

"哎呀,我还是算了,去了也是碍事。"康夫轻笑两声,挠了挠头。

优子夫人长得漂亮,也很友善,但康夫总觉得自己和她处不来。因为那双清亮的眸子深处,有着某种不可撼动的自信,让他不由得心生怯意。

"优子,怎么能对当红的作家老师说'可以自由支配时间'这种话呢。是不是啊,大冢先生?哎,别上什么瑜伽课了,来参加企业讲座吧?只要围绕我倡导的'商业乐活'演讲一个多小时就行了。如果您答应，我立刻给您准备资料，把一切都安排好。"

佐野先生摸着下巴说道，POLO衫的衣领装模作样地竖着，格外刺眼。

"瞧您说的，光写小说就够我忙活了……"

康夫谦虚地摆着手推辞。这个佐野一副知识分子做派，他也有点受不了。佐野乍一看胡子拉碴，但每一根都一样长。最近他刚把奥迪轿车换成丰田的混合动力车，动不动就宣扬此举的社会意义。

康夫年轻时就展现出了性格乖僻的一面。他讨厌社交，痛恨场面话，对各种流行事物抱怀疑的态度。之所以当作家，也是因为在公司上班这件事几乎把他逼成了精神病，在摸索"有没有能一个人搞定的工作"的过程中，好不容易才找到这个解决方案。他没有坚定的信仰与主张，却爱憎分明。他钟爱搞怪与幽默，对自恋狂和开不起玩笑的人敬而远之。佐野夫妇浑身上下散发着女性杂志推崇的"时髦感"。一看到这样的人，康夫就"痒痒"。

"啊，对了。我有个朋友去纽约玩了一圈，带回一盒魔法皂。里美太太要是用得着，我就让她留一点。"优子夫人说道。

"魔法皂？"

"很出名的环保洗涤剂。洗碗筷就不用说了，拿来洗脸，给狗狗洗澡都行。完全不含石油成分，对地球和皮肤都好。"

"好，我回去问问她。"

"如何处理生活废水是个很重要的问题。以前，江河湖海的微生物会帮我们净化污水，但现在水里的化学物质已经超出了大自然能净化的量了。"

"哦，可不是嘛。"

"教您一招，脏碗碟可以先泡一会儿再洗，"佐野先生插嘴道，"比起开着水龙头一直冲，能节省百分之八十的水。大冢先生，您平时有没有尽力分担家务啊？"

开口闭口自诩女性主义者也是佐野先生的特征之一。

"当然有啊，浴室一直是我负责打扫。"

虽然康夫只会在周末搭把手，但是为了面子，他稍微添油加醋了一下。

"对了对了，说起浴室，我找到了一种很好用的浴盐。有香薰理疗的功效，还能净化水质……"优子夫人又滔滔不绝起来。

康夫瞥了眼手表。"哟，我得回去了。"

再不走，这两位怕是能一路吹嘘到明天，于是康夫把在河滩上撒欢的弗雷迪叫回来，决定尽早闪人。他讨厌环保这个话题，可人家说的毕竟没什么错，真叫人头疼。

弗雷迪猛冲过来，在他面前刹住，然后绕到他身后躲了起来。都说狗养久了会越来越像主人，堂堂外国狗貌似也继承了康夫怕生的性子。

"那我先告辞了。"康夫打了几个招呼，便离开狗主人们的小圈子。来这里遛弯的大多是外国狗。听说很多狗是养在屋里的,康夫大吃一惊。它们一定受到了主人的溺爱。好在大冢家还贯彻着康夫的方针,"狗必须住院子里的狗屋"。

"你跟其他狗狗处得怎么样啊?"康夫边走边对弗雷迪嘟囔。弗雷迪回过头来,龇牙咧嘴,仿佛在皱眉头,然后把头扭了回去。臭小子,不懂我的一片苦心。

见弗雷迪好像想跑一跑,康夫便加快速度,慢跑起来。秋天的空气凉凉的,吸进胸膛很舒服。多亏了弗雷迪的到来,早起已然成了习惯。

回家第一件事,就是喝里美准备的蔬菜汁。把胡萝卜、苹果、西芹、柠檬放进榨汁机打碎,再加点蜂蜜。惠介和洋介也起床了,只见他们并排坐好,捏着鼻子喝蔬菜汁。

"好好喝,像什么样子。"里美批评了他们的吃相。

"因为一点都不好喝嘛。""西芹是多余的。"兄弟俩抗议道。

"不吃蔬菜怎么长得高啊。"

"我宁可当矮子。""我也是。长得高会被发配去当守门员。"

毕竟是五年级的孩子,顶起嘴来毫不含糊。

今天的早餐有糙米饭、水煎牛蒡丝、无水炖蔬菜和豆腐酱拌裙带菜。菜整体偏淡,不过蔬菜本身的味道也相应地变明显了。原来南瓜这么甜吗?康夫颇感惊讶。而且在"乐活"登上餐桌之后,他的便秘大有改善,连放屁都是"噗"的一声,十分干脆。

里美挺直后背,用模特般的姿势嚼着糙米饭。瞧她那聚精会神的样子,仿佛正在心中一遍遍默念:"我要变美,我要变美!"

当然,孩子们并不欢迎这种餐食。他们喜欢把培根和鸡蛋盖在白米饭上,再倒上酱油,撒上拌饭料,搅成一大碗黏糊糊的什锦饭当早饭吃。但毫无悬念,含有各种添加剂的拌饭料被逐出餐桌。"回头给你们做点纯天然的手工拌饭料,等着瞧吧。"里美收集了不少煎过的鱼骨头,碾碎了攒着。

"妈妈,我可以打个蛋到饭里吗?"惠介问道。

"不行,你们今天的午饭不是加了粉丝的蛋卷吗?早上再吃就不好了。妈妈给你们做这些菜,也是为了保证你们能均衡摄入各种营养。"

"喊。"孩子气得皱起鼻子。康夫夹了些佃煮海苔[①]盖在糙米饭上,以最快的速度往嘴里扒。

"孩子他妈,我不反对你搞乐活,但孩子们就不用参与了吧。他们正是长身体的时候,需要吃点有能量的东西。就算是脂肪,也能很快分解掉。"康夫边吃边说。

"不行。体质这个东西是从小日积月累的结果,健康也不是一朝一夕就能得来的。"

---

① 用酱油、糖等调料炖的食物,口味较重,适合长期存放。

"话是这么说,可太神经质也不好,人是有抵抗力的。再说了,我们小时候天天吃甜蜜素,不也活得好好的。"

"哪里好了,明明差点丢了小命。要是继续吃下去,我们早就去见阎王了。"

"哪有那么夸张……"

康夫有些无奈,望向两个儿子。他们的脸上仿佛写着"爸爸加油"这几个字。

于是他提议:"要不今晚吃炸猪排吧?好想吃肉啊。"

"那就只有鸡肉了。做个清蒸鸡,或者在鸡肚子里塞点糯米煲汤。"

"呃,我就想吃炸得脆脆的猪排,浇好多好多酱汁……"

"我们家已经跟这种东西永别了。"

"永别……"

"我听说佐野家改吃杂粮后,一家四口整整三年没得过感冒。我敢跟你打赌,今年冬天,惠介跟洋介也不会感冒。"

里美胸有成竹。就这样,康夫的要求被无情地驳回了。

孩子们你看看我,我看看你。惠介假装咳了两声:"喀喀,喀喀!"洋介也有样学样,兄弟俩就这么你咳两下,我咳两下。康夫感到了一种只可意会的默契,便加入了他们的行列。

"喀喀,喀喀。"父子三人一起对着里美咳嗽。

"孩子他爸,你怎么也跟着他俩胡闹!"

"唉,真想狠狠咬一口带肥肉的猪排……"

"我想啃浇了酱汁的猪排!"

"妈妈,卷心菜我们也会吃的,求你啦!"

"猪排!猪排!"父子三人齐声合唱。

里美叹了口气,眼神里尽是怜悯。"好吧,我做还不行吗。但吃了多少猪排,就得吃多少蔬菜。"她终于让步了。

"太好啦——"儿子们激动得击掌庆祝。

终于能吃到久违的猪排了。想到这儿,一把年纪的康夫仿佛拾回了童心。要是能配碗白米饭,那就太完美了。

吃过早饭,康夫走进一楼的书房。装修之前,这是一间客房。他本想在附近租一间房子当工作室,但里美的一句"浪费这钱干什么"让他打消了念头。反正家里也不会有客人来住,就在四叠半的和式房间铺了木地板,被书架环绕的座舱式书房大功告成。不过随着经济状况的好转,搞个独立工作室的念头又冒了出来。康夫的首选是市中心的高层公寓。来来回回坐电车是有点麻烦,但把公私分开的愿望更加强烈了。而且在一间将东京的夜景尽收眼底的工作室发生点什么,是每个男人都向往过的场景。

然而,里美貌似在策划建新房的事情。她买了一堆住宅杂志,潜心研究。当然,坚持乐活是她的头等要务,不使用化学物质的自然住宅大概是最理想的。康夫眼下只能静观其变。

他打开电脑,喝了咖啡,稍微歇了口气以后开始码字。他的作品以幽默小说为主。直到去年，编辑还对他冷眼相待，说什么"幽默小说在日本是卖不出去的"，"要不改写悬疑吧"云云。谁知一拿奖，作品大卖，周围人的态度便一百八十度大转弯，约稿络绎不绝。社会嘛，就是这样的。

在公司上班的时候，大家都说他独来独往，性格别扭。可是在今天，这种性情反而帮了他。因为没有冷眼旁观的视角，就写不成黑色幽默小说。只有现实主义者才能准确把握他人的滑稽之处。不过他并没有扎实的文学功底，在这方面吃了不少苦头。截稿日近在眼前却没有灵感的时候，他真想人间蒸发。这话可一点都不夸张。

木槌敲打石头的声音从院子传来。里美准备把车库的水泥地铲掉，换成石板。此举的目的是给小草留出扎根的缝隙，提升大冢家的绿化率。

"我觉得在卖房的时候，绿化好是一个卖点。有这种意识的话，买家肯定能看出来。"

就算她什么都不干，这一带的地价也在上涨。对里美而言，这也许是期盼已久的幸福生活。

还记得里美曾感慨万千地说："真没想到，不用担心钱的日子是这么舒服。"虽然她当年什么意见都没提，但是不难想象，丈夫辞职一定让她背上了沉重的压力。得奖的时候，康夫随口说道："以后就能让你过上好日子啦。"不料里美沉默片刻后，竟哇哇大哭起来。康夫起初惊慌失措，但很快也被传染了，陪着她一起哭。

康夫戴上耳塞，敲击键盘。养成早起的习惯以后，从上午开始工作成了必然的结果，由不得他不乐意。

2

乐活小伙伴齐聚大冢家。清一色的家庭主妇，佐野优子也在其列。据说她们准备用海边捡的木头做台灯和小花瓶之类的东西，拿去自然派商店卖。

康夫本以为不过是一群家庭主妇闲着无聊做手工，这种态度似乎也体现在了表情上，惹得里美给他讲了一大通利用漂流木的意义。照她的说法，使用不源于砍伐的木材，有助于保护森林，对抑制全球气候变暖也大有益处。

身在书房的康夫心不在焉地听着门外传来的叽叽喳喳声。截稿日就在下周，可他连一张稿子都没写出来。他靠着椅背，把脚搁在书桌上，拔着鼻毛。要不喝点咖啡吧？他起身走去厨房。

客厅的女人们齐刷刷地回头看他。寒暄过后，他对里美说："我要泡咖啡，要不也给大家来一杯？"里美却提了要求："我们要喝花草茶。"康夫便想，我也喝花草茶算了。

"您也过来聊聊吧？"

应主妇们的邀请，康夫也坐在了餐桌旁。成为"获奖作家"之后，街坊家的主妇们都对他另眼相看。里美从橱里拿出茶点，与大家分享所谓的"纯天然无农药大米做成的有机无添加烤年糕片"。

"大冢老师，我问您，怎样才能当上作家呢？"

一个主妇用写满羡慕的眼神看着他。这个问题他的耳朵都听出老茧了。根据前后的对话，不难推测这群人压根儿没看过他的小说。明明没看过，却想当作家。

"被逼无奈，自然成得了作家。我当年就是这么过来的。"

康夫笑着回答。这倒不完全是玩笑话。背着养活一大家子人和付房贷的负担，却死活不想在公司干下去。到了这个地步，人自然会拼死拼活，全力以赴。

"哎哟，您可真谦虚，这就叫真人不露相吧。"

优子夫人如是说。一口白牙闪亮耀眼，仿佛有一束灯光专门照着她。她有一张小脸，脖子纤细，线条动人的双手也比普通人修长。不愧是当过模特，四十岁还是美如画。

"话说您有没有改主意啊？要不要学瑜伽？作家不是都缺乏运动嘛。好想把我们的瑜伽老师介绍给您。"

"算了吧，他在公司上班的时候连高尔夫都不肯打，懒得要命。"

里美摆着手，用极为不屑的语气说道。

"可是不打高尔夫不是挺好的嘛。建造球场会破坏森林，还要铺上浸了化学药品的草皮，简直是环境的头号杀手。而且高尔夫还打着'应酬'的幌子,把丈夫从家人身边抢走。大冢先生不打高尔夫很符合乐活精神呀。"

优子夫人望向康夫,微微一笑。一把年纪的他竟有些不好意思。

乐活啊……康夫在心中嘲笑了一通。正因为有优子夫人这般多金又知性的美女带头,这群女人才会醉心于乐活。忽然,康夫灵光一闪,把优子夫人写进小说好像很合适。再写一写她那个装腔作势的老公,写出一篇爆笑的杰作还不是分分钟的事儿。

不行不行,康夫暗暗摇头。街里街坊的,哪能做这么荒唐的事……

"您平时做的是自己喜欢的事情,所以总能保持自然的生活状态呢。"优子夫人说道。

自然的生活状态啊……康夫只觉得屁股发痒。

"可他偏不爱吃糙米饭。"里美咬牙切齿。

"习惯就好啦。坚持一段时间,你就会觉得皮肤变得紧致,脸都变小了,到时候就再也不想吃其他主食了。"

"啊?还能瘦脸?"主妇们一阵骚动。

"对呀,脸会瘦的。我家老公改吃糙米饭以后也……"

不知为何,话题突然转移到了美容上,大伙聊得分外火热。康夫实在待不下去,赶忙起身离席。

他回到书房,继续跟电脑干瞪眼。再不动笔就来不及了。

这次的稿子是五十页的短篇，按他的速度起码需要五天。

就在这时，电话铃响了，是编辑打来的。"写得怎么样啊？"对方打听起了进度。

"呃，是这样的……"康夫老实告诉对方，他到现在还是没有灵感。

"嗨，船到桥头自然直。您是那种绝对会在截稿日前搞定的作家嘛，啊哈哈……"

说完这句不知道是吹捧还是开玩笑的话，编辑就挂断了电话。他是不是误以为幽默作家从来不会发愁啊。

康夫抱着胳膊，闭上双眼。只要有一丁点思路，他就有信心把稿子挤出来。可是抓不住灵感，他一个字都写不出来。

乐活与佐野夫妇……多么值得揶揄的主题啊。而且康夫从小就喜欢拿装模作样的家伙寻开心。上班的时候，他也因为这个惹恼了钟情于葡萄酒的上司。真让他写，他肯定能妙笔生花。

可他不能写。他没这个胆量，自己不过是个小市民，还得在这地方住上好一阵子呢。

康夫叹了口气，先关上电脑，准备带着弗雷迪出去兜一圈，呼吸呼吸外面的新鲜空气，心情说不定也能爽快些，到时候也许就能想出好点子了。只是，光靠散步就能想出点子的事还从没发生过。

那天的晚饭有加芜菁的糙米饭、青菜浇油豆腐和沙丁鱼竹笋扒。每天不厌其烦地做这么费事的菜也是够厉害的，康夫佩服得很。只是孩子们快忍不住了。

"我还以为有肉呢！""上当了！"他们鼓起腮帮子跟母亲抗议。

"妈妈做这些也是为了你们好，多吃鱼能补脑。你们也想变成成绩好，脑子聪明，脸蛋又小的帅小伙，让全班女生追着你们跑吧？"

"我才不想被班里的女生追呢。"

"我也是，反正都是些丑八怪。"

"怎么说话呢！不能说这么粗俗的词！"

"那就是……有点差劲的女生。"

"有多远躲多远的女生。"

在一旁听着的康夫终于没憋住，笑出了声。

"爸爸，你让妈妈别搞乐活了行不行啊？"

两个孩子异口同声说道，极具双胞胎的风范。这下可好，矛头对准了他。

"可是这么吃的确对身体好。改吃糙米饭以后，我的身体真的好多了，肩膀都不疼了。"

他决定先把两边哄住。觉得"身子变轻了"的确是实话。

惠介问："小说写出来了吗？"

洋介问："灵感来了吗？"

康夫顿时语塞。孩子都会不知不觉地长大，说出让你哑口无言的话来。

"瞧,爸爸都提不起劲工作了。"

"昨天晚上泡完澡,他也在书房窝了好久。"

"这是因为爸爸没肉吃!"

"都是乐活的错!"

"闹够了没有,不想吃就别吃!"

里美厉声呵斥。好不容易做出来的一桌菜被贬低成这样,生气也是在所难免。

"惠介,洋介,乖乖吃饭。爸爸这周日晚上带你们去吃烤肉。"

"真的吗?""太好啦!"儿子们握拳欢呼。

"哎,孩子他爸!你怎么能自作主张呢!"

"有什么关系嘛,一星期才吃一顿而已。"

"前天不是做了猪排吗?"

"里脊肉总归差了点意思,没有肥肉还是不行啊。"

里美的眼神写满了轻蔑,她环视三人,吸了一下鼻子,然后使劲挺直后背,仿佛是为了摈除杂念。只见她夹了一口糙米饭送进嘴里,凝视着半空中的某一点咀嚼起来。乍一看,还以为她心里有什么坚定的信念呢。

儿子们面面相觑,烦躁地吃起了沙丁鱼竹笋扒。餐桌上的气氛始终十分沉闷。

到了周六,康夫准备去试听下午的瑜伽课。因为早上遛狗的时候，佐野夫妇缠着他不放，再加上短篇小说的创意迟迟没有着落，他竟莫名其妙地答应了邀请。他觉得这样总比闷在书房里发愁好。

"你也要去？"里美一脸嫌弃。

"有什么关系，不会妨碍你的。"

"我的腿抬不起来，你可不许笑。否则看我怎么收拾你！"

搞什么，原来是这么回事啊。

据说练瑜伽原则上要空腹，所以夫妻俩都没吃午餐。里美给孩子们准备了糙米面包做的蔬菜三明治，但康夫偷偷塞了点钱给他们，说："回头去买个摩斯汉堡①吃。"借此表示自己与儿子们站在同一条战线。孩子们的表情犹如身负特殊任务的特工。双方一言为定："这件事一定要跟妈妈保密。"

车站前的健身俱乐部设有舞蹈练功房，瑜伽课就安排在这里。九成学员是女性，男的没几个。康夫不好意思破坏这道美丽的风景线，便找了个角落里的位置。

"大冢先生，别躲那么远呀。"佐野夫妇朝他招手。"没事没事。"康夫拼命推辞。

佐野先生貌似对身材颇有自信，穿着背心加紧身裤，一看就知道有健身的习惯。康夫虽然不算太胖，还是敌不过年龄的增长，身材略有些发福，与佐野形成了鲜明的对比，所以他并

---

① 日本一家知名连锁速食餐厅。

不想跟人家并排。

优子夫人把头发扎在脑后，露出了线条优雅的后脖颈。她四肢纤长，身材十分苗条。腰部有迷人的曲线，臀部也十分翘挺。四十多岁的人能保养成这样，可以说相当了不起。

难怪里美会这么崇拜她。女人总是看重美的，无论年岁几何。她们无法像男人那样以"大叔"自嘲，破罐子破摔。

这时，女教练登场了，微笑着与学员打招呼。她长得有点像印度人，身材却瘦得跟鸡骨架似的，脖子上的血管都凸出来了。印堂那儿的痣堪称神来之笔，让康夫瞧出了神。

"好，那我们就开始吧。试听的朋友只需要模仿我摆出来的姿势就行了。请大家跟平时一样，和自己的身体对话，慢慢来，放轻松……"

先在垫子上盘腿打坐，挺起后背，双手合十往上推。

"脖子拉长，下巴朝天抬起，让我们深呼吸——"

教练一声令下，全体学员开始深呼吸。

"吸气，呼气，吸气，呼气。想象面部周围的毒素和废物被一点一滴地从皮肤里挤出去……"

康夫只觉得热血冲脑，有点头晕。天花板的照明灯都在晃动。这才刚开始，他的脸就冒汗了。同样的姿势保持了三分钟，浑身开始发烫。

"好的，让我们切换到半莲花前屈伸展式。"

教练念出一串诡异的词，只见学员们保持坐姿，把左脚往前伸，弯下腰。

"来，呼气。慢慢弯腰。吸气，看前面……"

差距在这个环节体现得格外明显。半数学员无法让上半身贴住自己的腿。"嘶，好痛……"康夫连那个姿势都摆不出来。抬眼一看，里美也不行，佐野夫妇却毫不费力地完成了动作。

之后，大家又换了几个姿势。明明一直在垫子上没挪过地方，康夫却气喘吁吁，T恤衫也被汗水浸透了。原来如此，这就是传说中的瑜伽。他甚至能切身感受到，氧气和血液被输送到了细胞的角角落落。难怪大家都说练瑜伽能促进新陈代谢。

"好的，下一步，微笑法。"

康夫从没听过这个词，赶忙环视四周。学员们保持打坐的姿势，纷纷露出笑容。

"微笑能锻炼面部的表情肌，有助于消除皱纹，紧致肌肤，舒缓植物神经系统。"

康夫学着大家的样子，挤出一张笑脸。心中的另一个自己却在想，我的笑容一定很瘆人。

"来，活泼一点儿，笑出自己的风范！"教练的声音响彻练功房。

啊哈，"自己的风范"！在康夫看来，没有比这个词更叫人难为情的了。

正对面的镜子照出了他的笑脸。我到底在干什么？要是被编辑撞见了，他们肯定会欢呼，原来懒汉作家也会做瑜伽，摆笑脸。

不过说实话，做瑜伽是挺爽快的，他好久没出过那么多汗了。难怪儿子们不肯找他玩，这几年的周末他都是躺着过的。

六十分钟的实践部分结束后，是教练讲话的环节。

"瑜伽的本质是审视内在的自我。不跟别人比较，不竞争，宽以待人，保护地球。与瑜伽相伴的生活方式，其实就是充分理解、控制自己身心状态的生活。各位学员，让我们通过瑜伽，由内而外变美吧！让我们一起享受幸福快乐的每一天！"

这是不是跟宗教讲解没什么差别？康夫坚守客观的视角。他望向斜前方的里美，只见妻子听得十分认真，一脸心醉神迷。

之后，众人一齐拍手，就地解散。优子夫人顶着一张红扑扑的脸走过来说："瑜伽是不是很棒呀？您也来上课吧，每周两次。"

"嗯，是挺好的……"康夫含糊地笑了笑，没有正面回答。

"先试半年嘛。到时候，您一定能感觉到身体里的毒素全消失了。"

她老公佐野也过来了。"您比我小两岁吧？"他这是明知故问，还非得当着大伙儿的面说。果然，乐活主妇们都不露声色地对比了佐野和康夫的身材。

"不用担心关节打不开，练一会儿就会变软。能感觉到身体变化的机会可不多哦。"

"哎呀，是老婆不让我来，说我在她会觉得难为情。"康夫用玩笑话搪塞。听到这里，里美说了句他特别不爱听的话："把上课时间错开不就好了。"

练完瑜伽的学员仿佛重获了新生，每个人的表情都明亮得很。"纯粹"这个词浮现在康夫的脑海中。

之后，康夫跟着乐活军团去了趟有机商店。店里摆放着各种用天然材料制作的商品，有股原木的清香。店主缠着头巾，举手投足间流露出教科书般的环保范儿。

"店里刚进了一批环保瓶，大家可以看看哦。"

环保瓶是什么玩意儿？搞了半天，那竟是一种攒雨水的桶。店主称，日本是雨水丰沛的国家，只要充分利用雨水，就能防止政府建设大坝破坏自然环境。

康夫若无其事地点着头，心里却像泄气的皮球。这群人居然想靠几个塑料桶大小的瓶子实现如此远大的计划。

主妇们对环保瓶赞不绝口，纷纷慷慨解囊。里美也掏出了钱包，甚至没跟康夫商量。佐野夫妇买了最贵的那款。

"雨水跟自来水不一样，不含氯，对植物也很好。"优子夫人如是说。

"没错没错，用这个浇花最好了。"佐野也在帮腔。

夫妻俩都露出了一口亮白的牙齿。

康夫赔着笑脸，再次暗暗感叹，自己绝对不能进入这个圈子，因为他是彻头彻尾的"异教徒"。

当天夜里,他窝在书房,却迟迟没能憋出短篇的灵感。至于其中的原因,他再清楚不过了——因为他实在太想拿乐活做文章了。发达国家的环保理念,成了丰衣足食者的免罪符。他就是看不惯那些举着环保大旗的人们居高临下的态度。再说了,标榜不会被任何人反对的正义,不正是人品卑劣的体现吗?这群人的坏话,让他写多少都不在话下,就算里头有一半是强词夺理又如何?有感而发时,他总能写得特别快,作品的质量也高。

康夫十分纠结。唉,好想写啊。好想写个痛快,把憋在肚子里的话都发泄在稿纸上。当然,他写的是幽默小说,所以他不会审判这些人,公平公正总归是大原则。他只想描写那些看起来有点滑稽的人罢了。

他喝了口咖啡,望向一片空白的电脑屏幕。他已经整整三天没有动过笔了。对小说家而言,没有比"写不出来"更煎熬的。他真想抓一个路过的上班族吼上一句:"你知道我有多痛苦吗!"

要不就写吧?康夫自言自语。小说本来就是有危险意味的东西,不痛不痒的作品根本没有存在的意义。从出道就一直关照他的编辑也说过,作家必须逞点无谋之勇。

康夫望向日历。编辑给的截稿时间是星期一,但星期一肯定是来不及,再宽限几天的话……周三晚上应该是极限了。按他的速度,今天再不动笔就肯定赶不上。

这时,两个儿子穿着睡衣来到书房,脸上阴云密布。

"爸爸……我们要上私立中学吗?"惠介问道。

"啊,我怎么没听说?是妈妈告诉你们的吗?"

"嗯。她还说,是时候送我们上补习班了。"

康夫十分震惊,因为夫妻俩从来没商量过这件事。

"你们是怎么想的?"

"我想去公立学校。每天坐电车上学累死了,考试也好烦。"

"我也是。我不愿与朋友分开,想留在少年足球队。"

两个儿子的成绩都不错。康夫一直觉得不用太拼命,顺其自然地上个大学就行了。

"好,我跟妈妈讨论一下。"他扶着两个儿子的肩膀,送他们出去。

康夫站在走廊,探头看了看客厅,里美好像在泡澡。坐回书桌边,他不禁挠了挠头。

里美那家伙在搞什么,这么大的事,都不跟我这个当爹的商量一下。我是说过孩子的教育都交给她负责,可是考私立学校不是小事。难道这也是受了优子夫人的影响?佐野家的大女儿念的好像是私立中学。搞乐活的人,难道不该送孩子上能徒步去的公立学校?这么做不是自相矛盾吗?到头来看的还是眼前的面子,随波逐流,一点主见都没有。

康夫越想越生气,觉得那帮装腔作势的家伙十分可恨。

就写这群乐活分子好了。写这个主题的话,三天就够用。

而且他也有信心把故事写得妙趣横生。更何况，街坊家的主妇们应该不会看小说杂志……

对啊，这群人不会看的！连里美都不看老公的作品，除非出了单行本。先写着，要是情况不妙，就在出版单行本的时候让编辑撤掉。

不想这么多了，说写就写！管它三七二十一，没时间了。截稿日近在眼前啊！

康夫给了自己一巴掌，抖擞精神，对着电脑坐正，瞬间进入状态。

3

截稿日才过了两天，康夫就把稿子写完了。他用邮件把稿子发给责编。责编看完，立刻给他打了电话，激动万分地说：

"您这回真是火力全开啊。哎呀，其实我也看那帮搞乐活的不顺眼。整天摆出一副'只有自己最纯洁'的嘴脸，充其量不过是一群自恋狂，就是彻头彻尾的伪君子，伪君子！还'善待地球'呢，说得真好听。有本事把你家的抽水马桶改回要掏粪的茅坑，哈哈哈……"

康夫的观点貌似得到了责编的全面支持。两人你一言我一语，说了一大通"乐活"的坏话。

"要我说，让老公吃糙米的老婆都不怎么样。换成我，早就勃然大怒了。"

这话惹恼了康夫。"呃，我家吃的就是糙米饭……"

"啊，哦……原来是这样。哎呀，我也觉得这样的太太挺会为家人的健康着想……"

编辑吞吞吐吐，拼命找借口。

第二天，校样出来了。康夫重新读了一遍，只觉得这篇幽默短篇绝对称得上佳作。热心环保当然是好事。他明知如此，却还是狠狠揶揄了那群被潮流牵着鼻子走的人。小说这东西，还是得"毒"一点才行。

与此同时，康夫心中也有一抹不断膨胀的担忧。作品中描写的那对讨人厌的夫妻，怎么看都是以佐野夫妇为原型的，认识他俩的人一看就能猜到。

怎么办，要不加两句好话？不行，没底气的文字，读者一眼就能看出来。要向已故的南希·关老师[①]看齐啊！康夫一遍遍暗示自己。

他犹豫了两个多小时，只改了一些句尾的语气词，然后用传真机把校样发了回去。

这下真的没法回头了。通过对别人的所作所为评头论足赚钱，这是何等罪恶的营生。康夫不由得在心中叹息。

[①] 本名关直美，日本橡皮版画家、评论家，她所写的评论文章角度刁钻，深得读者的喜爱。

熬过截稿日的解放感驱使他带着弗雷迪出门散步,在河滩遥望落日时,优子夫人沿着河堤上的小道迎面走来。康夫心中有愧,下意识地躲进草丛。优子夫人牵着爱犬,挺胸抬头,前前后后摆着手快步走着,扎在脑后的头发有节奏地摇摆。

看着她的凛凛风姿,康夫愈发觉得自己是个心灵污秽的人。

他掐了一把肚子上的赘肉,难以名状的负罪感如排山倒海般袭来。

回家后,康夫走进书房,把校样重新看了一遍。因为他突然慌了神。

他抱着胳膊,陷入沉思。现在的处境十分微妙。这虽然是一篇微不足道的短篇幽默小说,可乐活主义者要是看到,兴许会觉得自己遭受了莫大的侮辱。作品的主人公是个作家,看到主妇们埋头于用海边捡来的木头做手工,他在心中骂道:"当柴火烧掉算了!"看到那对装腔作势的夫妻,他又暗自揶揄:"怎么不把孩子送去公立学校呢?"

好像不太妙……康夫把作品的主人公描写成了一个性格乖僻的人,别人干什么都看不顺眼。可是"自己嘲讽自己"和"被别人嘲讽"有本质区别。从不自我怀疑的人完全有可能被鸡毛蒜皮的小事惹火。越是较真的人,就越容易歇斯底里,觉得自己受到了莫大的伤害。

康夫怀着阴郁的心情靠在椅子上,转头一看,原本散落在地上的杂志被叠放在房间的一角。他又看了眼垃圾箱，发现里面的废纸都不见了。

是里美最近收拾过吧。她看出丈夫的工作告了一段落，就进来打扫了一下。

话说回来，放在书桌上的校样也摆得整整齐齐的，难道她看过了……

不可能。他刚当上作家那阵子也就罢了，最近里美几乎没有对丈夫的事业表现出丝毫的兴趣，也不插嘴过问，只在新刊上市的时候，出于礼节来一句"挺有意思的"。

就在这时，洋介探头招呼道：

"爸爸，吃饭了。"

"哦，来了。"康夫走出书房，前往餐厅。

儿子们在餐桌旁坐好，笑容满面。定睛一看，饭碗中竟然盛着白米饭，而餐盘里分明是猪肉生姜烧。

他将视线转向里美，只见妻子用分外平静的口吻说："以后爸爸跟惠介、洋介都不用吃糙米饭了。"

这句话来得太突然，康夫有些不知所措。

"妈妈会继续吃糙米饭和蔬菜，但不会再勉强你们。以后我们各吃各的。"

康夫吞了口唾沫。老婆好像生气了。就算没生气，情绪也不同于平时。难道她真的看了校样？他只觉得屁股底下凉飕飕的。

"快，趁热吃吧。"

儿子们丝毫不介意母亲的异样，齐声高呼"太好了！"，拿起筷子夹肉到饭碗里，就着白米饭狼吞虎咽。"还是肉好吃啊！"两人都笑开了花。

康夫不知所措，只能先吃饭。呃，得找点话题啊。

"这肉不错，挺软的。"

"当然了，是照着你的收入水平买的鹿儿岛黑豚。"里美说话的时候都没看他一眼。

嗯……她到底想表达什么意思？

"肉本身是不错，味道调得也好哎。"

"用了店里买的酱，添加剂可不少呢。但是省事，挺好的。"

对话戛然而止，片刻的沉默笼罩了餐厅。无奈之下，康夫只能把话题甩给惠介和洋介。

"你们两个，卷心菜也别剩下。"

"哦，知道啦。""妈妈，我能加点蛋黄酱吗？"儿子们说道。

"加呗，随便加。你们不是嫌我做的青酱没味道嘛。"

里美没好气地说着，嚼起了碗里的糙米饭。她的背挺得比平时更直，下巴也朝天花板抬高了几分。那表情仿佛在说，我已经懒得搭理家里人了，简直比求道者更虔诚。

此时此刻，儿子们终于察觉到今天的母亲格外冷淡，不敢再多嘴，添饭的时候也是自己动手盛的。连卷心菜和番茄都吃得干干净净，也许这就是他们表现关切的方式。

饭后，康夫回到书房，又拿起校样看了一遍。他实在是坐立不安。看着看着，他发现了一个新问题：之前他的注意力都被装模作样的夫妇与乐活主妇们吸引了，没有意识到主人公的妻子也被他狠狠揶揄了一番。更要命的是，小说的标题就叫"妻子与糙米饭"。看到这样的标题，里美不生气才怪。她果然看过了！

完了完了……康夫愁眉不展。老婆毕竟是自己人，写起来自然没有顾忌。在嘲讽主人公的妻子时，康夫是这么写的——"充其量不过是一群小资派想把所有好处都占了"。

大意了。看完这篇小说，头一个要跳脚的不正是里美吗？而且站在乐活伙伴的角度看，她成了"坏人的老婆"。

康夫越想越郁闷。当小说家真是作孽，为了逗读者开心，不惜消费自己的太太。

这篇稿子还是别用了，虽然写得很好，实在舍不得放弃，但他并没有伟大到要牺牲夫妻感情去发表作品。

犹豫了二十分钟后，康夫给编辑打了电话，讲述了事情的来龙去脉。

"不好意思，这篇稿子就帮我撤了吧。"

"您没糊涂吧？这可是超级杰作啊！在您的短篇里，它绝对排得进前五。怎么能撤掉呢，太可惜。"

编辑大吃一惊，一口回绝。

"话是这么说，但是……"

"没事的，广大读者一定能理解这篇作品的笑点。"

"可我老婆……"

"是您想多了。您当面问过没有啊？"

"呃，还没有……"

"那肯定是您多心了。总而言之，这篇文章绝对不能撤。插画的订单都下了，明天就要审稿。这个短篇会出现在下一期的卷首哦。"

"卷首？至少换个不那么显眼的位置吧……"

"别怕，驰名天下的某某奖得主，怎么能说这种丧气话呢。文人就得有文人的觉悟嘛。"

"是，话是这么说……"

"放轻松，放轻松。镇定一点。"

编辑挂了电话。对方是在鼓励他，还是压根儿没把他当回事呢……

康夫叹了口气，心情并没有好转的迹象。他本就是个胆小如鼠的人，正因为不敢把心里话当场说出来，才需要借助文章这个载体。他这种性格的人做事谨小慎微，不轻易采取行动，所以才当不了"集体的一分子"。

瑜伽肯定对身体有好处。那天的爽快感，他还记得清清楚楚。可他一心想嘲笑那些天真地醉心于瑜伽的人，于是找了一堆歪理，狠狠讽刺了一通。

想到这儿,康夫愈发讨厌自己了。他越来越觉得,自己是个不懂该如何享受人生的家伙,心胸还特别狭隘。

一直窝在书房也无济于事。康夫去了客厅。儿子们不在,里美独自翻着印有彩照的杂志。定睛一看,原来是环保杂志,刊载了关于建造房屋的特辑。

"呵,木头造的房子可真不错。"康夫上前搭话。

"是啊,这张照片里的房子用的都是国产木材,不会破坏东南亚和亚马孙的森林。"

里美看着杂志回答道。

"了不起。"

"用国产的天然建材,请工匠亲手搭建,每平米的建筑单价要比普通的房子贵上四成呢。"

"啊,是吗?那么,这房子好在哪儿?"

"这不是计较得失的问题,关键是你能不能对建筑公司的环保理念产生共鸣。"

"……啊,这样哦。"

对话戛然而止。为了打破寂静,康夫决定打开电视,便伸手去拿遥控器。

这时,里美说道:"啊,我把总电源关了。一直待机多浪费电。"

无奈之下,康夫只得走到电视机跟前手动打开。电视里正在放大胃王锦标赛。里美瞥了一眼画面,很是轻蔑地用鼻子哼了一声，然后继续看杂志。气氛愈发凝重了。

"那个，孩子们就算了，我还是继续吃糙米饭吧，没关系的。"康夫说道。

"为什么？犯不着勉强自己。"

"不是勉强，我也想减减内脏脂肪。而且只煮一人份，很麻烦吧？"

"你不是很讨厌乐活吗？"

"啊？你说我吗？"康夫浑身飙汗。

"我不想给没有共鸣的人做饭吃。"

里美起身去了厨房，为明天的早餐做准备。

康夫咽了口唾沫，关掉电视，迈开瑟瑟发抖的腿走回书房，随即拿起电话，打给编辑部。

"那什么，那篇稿子我还是要撤。我这就去你们出版社，熬夜写出一篇新的短篇。你帮我把副楼的写作室准备好。"

"您说什么？您、您、您是在开玩笑吧？"

编辑的声音瞬间变尖，话都说不利索了。

"我一定会写出来的。离最后一轮校对还有三天吧？在那之前，我一定会拼命写稿子的。"

"可是大冢老师，那篇稿子多好啊！"

"你就别提这个了。"

"怎么能不提呢——"

"求你了，这件事直接关系到我们夫妻的未来。不换掉这篇稿子，老婆绝对要恨我一辈子！"

"是不是您多心了？我让总编跟您说……"

"少啰唆，我说不行就不行！我不会让你们登那篇的！"

康夫压低嗓门一通吼。

"您再考虑一晚上，好不好？先冷静下来，然后……"

"接下来的每一秒都不能浪费！再这么下去，杂志就要开天窗了！开天窗你也无所谓吗？"

"哪能这么说，您先别发火嘛。"

"总之，我现在就打车过去。你别走，等着我。"

康夫挂了电话，立刻联系出租车公司叫了一辆车。随后把笔记本电脑和电子字典塞进包里，再去卧室拿上干净的衬衫与内衣，打点行装。

"孩子他爸，你这是干什么？"里美走进屋里问道。

"我要去集英社闭关几天。"

"出什么事了？脸色这么难看。"

"《小说昴》要用的短篇死活写不出来，再不写就赶不上了，所以我决定去那边写。后天晚上之前，我应该不会回来了。"

里美沉默片刻，仿佛在思考这究竟是怎么回事。之后，她顶着一张扑克脸说道："是吗？我看你都出去散步了，还以为已经写完了呢。"

"其实没写完。哎呀，岂止是'没写完'，一个字都没动呢。可我一会儿跑去上瑜伽课，一会儿跟弗雷迪打打闹闹……

唉，我都受不了自己了。"

康夫使劲挠头，皱着眉头诉苦。见状，里美的脸上闪过一抹模糊的笑意，仿佛在即将"扑哧"一声笑出来的时候紧急刹了车。

"哟，这么辛苦啊。要是我能帮上忙就好了，可你的工作是小说家呀……"

"哎呀，你平时已经帮了我很多忙了。做菜也好吃，我真的很感激。"

"真的吗？这话听着真暖心。"

"当然是真的，我一直很感激你。"

康夫一本正经地说道。里美温柔地眯起眼睛，像在听孩子说话的慈母。

"你也别太勉强自己。晚上凉，别感冒哦。"

里美从壁橱拿出自己的小毯子，装进纸袋，递给康夫。

"谢啦。"康夫向妻子道谢。

出租车开到了家门口。康夫抱着行李，慌慌张张地冲出玄关。栽进车里的时候，他的脚还踩着网球鞋的后跟。里美送他到院门外。

"去神田神保町。"康夫对司机报出目的地，然后隔着车窗看了眼里美。只见她抱着胳膊，表情好像在憋笑。他的注意力被即将到来的艰难困苦分散，脑子都转不动了。不过老婆的心情貌似还不错。

出租车发动了。康夫回过头，透过后车窗望向妻子。路灯下的里美咧嘴露出一口白牙，正在朝他挥手。

自新婚以来从未改变的妻子，那个愿意等他回家的妻子，就在那里。

图书在版编目(CIP)数据

家日和 /（日）奥田英朗著；曹逸冰译. -- 海口：南海出版公司，2022.1
ISBN 978-7-5442-7592-7

Ⅰ. ①家… Ⅱ. ①奥… ②曹… Ⅲ. ①中篇小说－日本－现代 Ⅳ. ①I313.45

中国版本图书馆CIP数据核字(2021)第199380号

著作权合同登记号 图字：30-2021-120

IE BIYORI by Hideo Okuda
Copyright © 2007 Hideo Okuda
All rights reserved.
First Published in Japan in 2007 by SHUEISHA Inc., Tokyo.
Chinese(in simplified character only) translation rights arranged by SHUEISHA Inc. through THE SAKAI AGENCY.

家日和

〔日〕奥田英朗 著
曹逸冰 译

出　　版	南海出版公司　(0898)66568511
	海口市海秀中路51号星华大厦五楼　邮编 570206
发　　行	新经典发行有限公司
	电话(010)68423599　邮箱 editor@readinglife.com
经　　销	新华书店
责任编辑	翟明明
特邀编辑	贺　静　杨亦桐
装帧设计	韩　笑
内文制作	田晓波
印　　刷	山东韵杰文化科技有限公司
开　　本	880毫米×1230毫米　1/32
印　　张	7
字　　数	140千
版　　次	2022年1月第1版
印　　次	2022年1月第1次印刷
书　　号	ISBN 978-7-5442-7592-7
定　　价	49.00元

版权所有，侵权必究
如有印装质量问题，请发邮件至 zhiliang@readinglife.com